Loin de vous ce printemps

Mary Westmacott
alias
Agatha Christie

Loin de vous ce printemps

Traduit de l'anglais par H. de Sarbois

ÉDITIONS DU MASQUE

CE ROMAN A PARU SOUS LE TITRE ORIGINAL :

ABSENT IN THE SPRING

EN GRAND FORMAT
DANS LE MASQUE :

BLACK COFFEE

TANT QUE BRILLERA LE JOUR

From you have I been absent in the Spring.
Shakespeare (sonnet XCVIII)

PRÉFACE

Portrait d'une femme en crise

Des six romans publiés par Agatha Christie sous le pseudonyme de Mary Westmacott, forgé à partir de son second prénom et du nom de famille d'une de ses aïeules, *Loin de vous ce printemps* demeure le plus intense, le plus brillant littérairement, et donc le plus moderne. La très modeste et très lucide Agatha, marquée dans sa jeunesse par les œuvres d'auteurs victoriens, May Sinclair ou Wilkie Collins, qu'elle s'était bien gardée d'imiter, savait qu'elle n'atteindrait jamais dans sa fiction la profondeur psychologique d'Elizabeth Bowen ou de Graham Greene, qu'elle admirait beaucoup. Mais elle n'ignorait pas cependant que la réussite incontestable de ses astucieux romans d'énigme l'éloignait fatidiquement d'une forme littéraire qu'elle se sentait secrètement capable d'affronter. C'est ainsi que naquit le « projet Westmacott », à l'orée des années Trente, alors que sa production commençait à s'épanouir de la manière la plus heureuse. Hercule Poirot régnait en maître sur le petit monde du *Detective Novel*, Miss Jane Marple avait fait son entrée en scène et Mrs Christie venait elle-même de faire des débuts remarqués au théâtre avec sa pièce *Café Noir*. Il ne lui restait plus qu'à se prouver qu'elle pouvait diversifier sa production romanesque, écrire, comme elle le dit dans son *Autobiographie*, « autre chose qu'une histoire d'énigme ». Mais, comme elle le précise également dans son livre de souvenirs, ce n'est pas sans un certain « sentiment de culpabilité » qu'elle s'engage dans la composition d'un livre, baptisé *Giants' Bread (Musique barbare)*, deux fois plus long qu'aucun de ses romans habituels. Elle y évoque en détail le destin de Vernon Deyre, un être sensible élevé dans un paradis qui n'est pas sans rappeler le décor d'Ashfield, la maison natale d'Agatha dans le Devon, et qui devient un compositeur d'avant-garde célébré mais aussi très malheureux. L'expérience personnelle affleure dans ce livre au point que son auteur s'en effraye peut-être. Aussi le publie-t-elle, en mars 1930, sous un nom-de-plume, et avec l'assurance formelle que l'éditeur, Godfrey Collins, ne divulguera pas l'identité de celle qui l'a écrit. Le secret sera jalousement gardé, jusqu'au jour où Nan Kon, la meilleure amie d'Agatha Christie, qui a lu *Giants' Bread* et a cru y reconnaître la patte de l'auteur du *Meurtre de Roger Ackroyd*, ne fasse état, au cours d'un déjeuner, de ses soupçons... La véritable identité de Mary Westmacott ne sera finalement éventée qu'en 1949, peu après la sortie en librairie du quatrième Mary Westmacott, *L'if et la rose*. Entre-temps, les lecteurs, du reste encore assez peu nombreux, qui se sont intéressé à l'œuvre de cette mystérieuse romancière, ont pu lire *Portrait inachevé* puis *Loin de vous ce printemps*, parus respectivement en 1934 et 1944. Deux autres Westmacott verront ensuite le jour, *Ainsi vont les filles* en 1952 et *Le poids de l'amour* en 1956.

Les romans signés Mary Westmacott témoignent, de manière très captivante pour l'amateur, de la versatilité du talent d'Agatha Christie. Leur chronologie est fallacieuse : pour la plupart, ils procèdent d'intentions largement antérieures à leur écriture, et leur mise au monde retardée ne doit, en vérité, qu'au planning infiniment plus professionnel de l'œuvre proprement policière de leur auteur. Ainsi, l'idée de *L'if et la rose*, aux dires d'Agatha, datait de 1929 lorsqu'elle se résolut enfin à la mettre en forme en 1947, entre *Le Vallon* — le plus long roman mettant en scène Poirot, et sans doute aussi le plus ambitieux — et le recueil intitulé *Les Travaux d'Hercule*. « Juste une ébauche de plan dont je savais que j'en ferais un livre, un jour... », dit-elle avec cet air de ne pas y toucher qui caractérise chacune de ses révélations d'ordre littéraire... Il en va de même pour *Loin de vous ce printemps*, écrit durant les terribles moments du Blitz, à Londres, dans la solitude d'un appartement ultra-moderne de Hampstead voisin de celui du poète Robert Graves.

Dans son *Autobiographie*, Agatha s'épanche un peu plus longuement qu'à l'ordinaire au sujet de ce livre, celui, dit-elle, « que j'avais toujours en envie d'écrire, qui depuis toujours apparaissait clairement dans mon esprit. C'était le portrait d'une femme ayant une image toute faite d'elle-même, de ce qu'elle était, mais qui se trompait complètement. » Pourquoi ne l'avait-elle pas écrit plus tôt, alors qu'elle en avait à l'évidence le plan parfaitement en tête ? « À présent, j'étais en mesure de lui en fournir la toile de fond. » Et d'expliquer qu'elle avait découvert celle-ci au cours de ses nombreux voyages en Orient, sur les pas de son second mari, l'archéologue Max E.L. Mallowan, lorsqu'elle avait dû séjourner, dans l'attente d'un train retardé, dans un de ces relais « tenus par des indigènes qui ne parlent pas un mot d'anglais. » Un endroit éloigné de toute civilisation où, après avoir lu les livres qui se trouvent dans vos bagages, vous vous retrouvez soudain face à vous-même. Dans le décor minimaliste de *Loin de vous ce printemps*, l'aventure qui surprend Joan Scudamore, s'apparente à l'immobilité du chrétien figé dans un confessionnal, où à celle du patient allongé sur un divan. Mais sans Dieu, ni Freud.

La prisonnière du désert entreprend alors un redoutable examen de conscience. Le récit de cette crise, par sa structure, évoque un long huis clos théâtral, et l'on se prend à rêver que la dramaturge Agatha Christie eût pu faire de Joan Scudamore un rôle stupéfiant pour une Peggy Ashcroft ou une Vivien Leigh...

Dans *Loin de vous ce printemps*, roman placé sous l'invocation de « la dame en noir » des *Sonnets* de Shakespeare — une énigme littéraire sur laquelle Agatha se pencha plus tard sous l'œil admiratif de son ami A.L. Towse, un éminent spécialiste du Barde —, le fond et la forme coïncident avec un bonheur parfait. Aussi n'y a-t-il rien de surprenant à découvrir, au détour de l'autobiographie de l'auteur, qu'il ne lui fallut que trois jours pour écrire ce livre. Agatha Christie précise qu'au matin du quatrième jour, elle fit savoir au dispensaire de l'Université de Londres où elle officiait alors bénévolement, qu'elle avait besoin d'un peu de repos. Ainsi fit le Créateur.

François Rivière

1

Joan Scudamore plissa les yeux, afin de percer la pénombre de la salle à manger du relais. Elle était légèrement myope.

C'est sûrement... Non, impossible. Mais si ! Je crois bien que c'est elle : Blanche Haggard !

Invraisemblable ! En plein désert, tomber sur une ancienne amie de pension, qu'elle n'avait pas vue depuis... oh ! certainement quinze ans !

Joan fut d'abord tout à la joie de la surprise. De caractère sociable, elle avait toujours plaisir à retrouver amies et connaissances. Puis elle pensa :

Mais la pauvre fille a terriblement changé ! On lui donnerait des années de plus que son âge. Oui, vraiment, des années. Car, en somme, elle ne peut avoir plus de... Voyons... Quarante-huit ans ?

D'un geste instinctif, elle se tourna vers la glace accrochée derrière elle. Son reflet la confirma dans son humeur joyeuse.

Vraiment, pensa-t-elle, *je vieillis très bien.*

Elle voyait l'image d'une femme entre deux âges, svelte, au teint étonnamment frais, aux cheveux châtains à peine teintés de gris, aux yeux bleus pleins de charme et aux lèvres souriantes. Cette femme, vêtue d'un tailleur léger, de coupe sobre, portait un sac un peu grand, à cause des nécessités du voyage.

Elle était en effet en route pour Londres. Arrivée de Bagdad par le train, elle allait passer la nuit au relais des chemins de fer et, le lendemain matin, continuerait sa route en autocar.

La maladie subite de sa fille cadette lui avait fait quitter la Grande-Bretagne en toute hâte : elle avait pensé que son gendre William manquerait d'esprit pratique et que le désordre menaçait une maison dont la tenue serait abandonnée à vau-l'eau.

Mais, désormais, tout serait d'aplomb. Elle avait pris le commandement, fait le nécessaire. Pour le bébé, pour William, pour Barbara convalescente, elle avait tout prévu, tout organisé.

Grâce à Dieu, pensa-t-elle, *j'ai toujours eu les pieds sur terre.*

William et Barbara, éperdus de reconnaissance, l'avaient pressée de prolonger son séjour, de ne pas les quitter si vite ; mais, en souriant — pour escamoter un soupir de regret —, elle avait refusé. Il fallait penser à Rodney, au pauvre cher Rodney rivé à Crayminster, accablé de travail et abandonné aux domestiques.

« Or, en réalité, disait Joan, les domestiques, qu'est-ce que ça vaut ? »

Barbara ripostait : « Vous savez les dresser, mère ! Vous n'avez jamais que des perles ! »

Elle avait ri, mais cela lui avait tout de même fait plaisir ; il est toujours agréable de se voir rendre justice. Elle s'était parfois demandé si sa famille n'avait pas un peu trop tendance à juger tout naturels la bonne tenue de la maison, la peine qu'elle prenait, le dévouement dont elle témoignait.

Non qu'elle eût des reproches à faire à l'un ou l'autre. Tony, Averil et Barbara étaient de délicieux enfants. Elle et Rodney avaient toutes les raisons d'être fiers du résultat de l'éducation qu'ils leur avaient donnée et de leur réussite dans la vie.

Tony gérait une plantation d'orangers en Rhodésie ; Averil, après avoir donné un peu de fil à retordre à ses parents, s'était stabilisée en épousant un riche et charmant agent de change ; le mari de Barbara avait une bonne situation dans les travaux publics en Irak.

Tous étaient beaux, bien portants — et, tous, d'un caractère agréable. Joan reconnaissait qu'elle et Rodney avaient eu de la chance et, en son for intérieur, se disait qu'une grande partie de la réussite des enfants leur était due, à eux, parents. Ils les avaient élevés du mieux possible, n'avaient choisi qu'à bon escient, fût-ce au prix des plus grands sacrifices, nurses, gouvernantes et, par la suite, collèges — et avaient toujours mis leur bien-être au premier plan.

Mrs Scudamore rayonnait quand elle se détourna de la glace.

Ah ! pensa-t-elle, *c'est bon de constater le succès de ses efforts. Je n'ai jamais eu envie de travailler au-dehors, ni de chercher à me distraire. J'ai toujours été parfaitement satisfaite de mon rôle d'épouse et de mère. J'ai toujours aimé mon mari, il a fait une bril-*

lante carrière... et peut-être me le doit-il un peu, lui aussi. L'influence de la femme est si grande !... Cher Rodney...

Et elle eut chaud au cœur en pensant que bientôt, très bientôt — d'ici cinq jours, exactement —, elle le retrouverait. Elle espérait que le pauvre cher homme n'avait pas trop souffert de la solitude, en son absence. Elle ne l'avait jamais quitté si longtemps. Quelle vie heureuse, paisible, ils avaient menée !

Oh ! paisible était sans doute exagéré. La vie de famille ne l'est jamais complètement, avec les vacances, les maladies contagieuses, le chauffage qui tombe en panne en plein hiver. La vie, en fin de compte, est une suite de petits drames. Et Rodney avait toujours travaillé dur, trop dur peut-être pour sa santé. La fatigue l'avait d'ailleurs terrassé, sept ans auparavant. En somme, se dit gravement Joan, il ne résistait pas aussi bien qu'elle à la vieillesse. Il se voûtait un peu, ne pouvait cacher ses cheveux blancs et des cernes se logeaient sous ses yeux.

Mais, après tout, quoi de plus normal ! Et maintenant, avec le mariage des enfants, la prospérité de l'étude et l'arrivée du nouvel associé, Rodney pourrait prendre quelques loisirs. Ils auraient le temps de se distraire, de recevoir davantage, de passer une ou deux semaines à Londres de temps à autre. Rodney pourrait se mettre au golf. Oui, au fait, pourquoi ne l'avait-elle pas engagé plus tôt à se mettre au golf ? C'est une distraction tellement saine, surtout pour un homme ayant une vie de bureau absorbante à ce point !

Ayant classé la question, Mrs Scudamore regarda de nouveau, du fond du restaurant, la femme en qui elle croyait reconnaître son amie de pension.

Blanche Haggard ! Elle adorait Blanche Haggard lorsqu'elles étaient ensemble à Sainte-Anne. Tout le monde raffolait de la jeune fille, tellement audacieuse, tellement drôle et... oui, tellement belle ! C'était cocasse d'y penser, ce soir, en regardant cette vieille femme décharnée, remuante, mal arrangée. Quel accoutrement ! Et elle portait... oui, vraiment, elle portait largement soixante ans !

Je sais bien, pensa Joan, *qu'elle a eu des malheurs...*

Elle eut un mouvement d'impatience. Blanche avait gâché sa vie par légèreté. Car, enfin, à vingt et un ans, avec le monde à ses pieds, jolie comme elle était, de bonne famille, il avait fallu qu'elle s'embarrasse d'un homme absolument immonde ! Un barbon, oui, en tout point un barbon. Et marié, de surcroît, ce qui aggravait tout. Ses parents lui avaient opposé une digne fermeté, l'emmenant en croisière à l'autre bout du monde. Blanche n'avait-elle pas imaginé de débarquer en cours de route, à Naples, ou à Alger, pour rentrer et retrouver son vieillard ? Naturellement, il avait perdu sa situation et s'était mis à boire, tandis que son épouse légitime refusait le divorce. Le faux ménage avait fini par quitter Crayminster et, pendant des années, Joan n'avait plus entendu parler de Blanche, jusqu'au jour où elles s'étaient trouvées nez à nez, à Londres, chez *Harrods*, au rayon des chaussures. Là, après un petit entretien discret — discret de la part de Joan, car Blanche n'avait jamais brillé par la finesse —, elle découvrait que Blanche avait épousé un certain

Holliday ; un employé d'assurances mais qui, d'après Blanche, allait donner sa démission, car il voulait écrire un livre sur Warren Hastings et entendait y consacrer tout son temps, au lieu de le rédiger bribe par bribe, en dehors des heures de bureau. Comme Joan insinuait que cela supposait des moyens d'existence personnels, Blanche avait jovialement répliqué qu'il n'avait pas un sou ! Joan avait insisté : quitter sa situation ne paraissait pas très raisonnable — à moins qu'il ne fût assuré du succès de son livre. Avait-il un commanditaire ? « Pas le moins du monde ! » s'était écriée Blanche avec entrain. Et, à vrai dire, elle n'escomptait pas grand succès de ce livre, car Tom était très emballé, mais n'avait guère de talent. Là-dessus, Joan avait déclaré avec chaleur qu'il était du devoir de Blanche de dissuader son mari. À quoi Blanche avait répondu, en la fixant : « Mais il meurt du désir d'écrire, le pauvre chou ! Il en est obsédé ! »

Quelquefois, avait alors dit Joan, il fallait être raisonnable pour deux. Blanche s'était esclaffée et avait répondu qu'elle, elle n'avait jamais pu l'être pour une !

À ce souvenir, Joan conclut que Blanche n'avait malheureusement dit que la vérité. L'année suivante, elle la rencontra au restaurant, en compagnie d'une voyante et de deux artistes éméchés. Par la suite, Blanche ne lui donna signe de vie que cinq ans plus tard, en lui écrivant pour lui demander un prêt de cinquante livres. Elle devait, disait-elle, faire opérer son petit garçon. Joan lui avait envoyé vingt-cinq livres accompagnées d'une lettre lui demandant des détails. La réponse était arrivée sous forme de carte postale, au dos de laquelle Blanche avait griffonné : *Tu es bonne, Joan. Je savais que tu ne me laisserais pas choir*. Ce qui était gentil, sans doute, mais un peu court. Après cela, silence. Et là, ce soir, dans un hôtel des Chemins de fer du Proche-Orient, sous les lampes à pétrole clignotantes et crachotantes, dans une odeur de graisse rance, de paraffine et de Fly-tox, elle retrouvait l'amie d'enfance, incroyablement changée, commune, usée.

Ayant fini de dîner la première, Blanche allait sortir quand elle aperçut Joan. Elle s'arrêta, clouée sur place.

— Doux Jésus ! Mais c'est Joan !

Immédiatement, elle traîna sa chaise près de la table de Joan pour bavarder, et attaqua aussitôt :

— Tu te défends bougrement bien, ma vieille ! On te donnerait trente piges. Où as-tu passé ton temps, depuis que je ne t'ai vue ? Dans un réfrigérateur ?

— Pas précisément. Tout simplement à Crayminster.

— Née, élevée, mariée, enterrée à Crayminster...

— Est-ce un si triste sort ? dit Joan avec un petit rire.

Blanche hocha la tête.

— Non, dit-elle gravement. Je dirai même que c'est un sort plutôt enviable. Que sont devenus tes enfants ? Car tu en as plusieurs, n'est-ce pas ?

— Oui. Trois. Un garçon et deux filles. Mon fils est en Rhodésie. Mes deux filles sont mariées. L'une habite Londres et je viens de chez l'autre, à Bagdad. Elle s'appelle maintenant Wray, Barbara Wray.

Blanche cligna de l'œil.

— J'ai entendu parler d'elle, là-bas. Elle a un beau bébé. Elle s'est mariée un peu trop jeune, hein ?

— Ce n'est pas mon avis, dit péremptoirement Joan. William a fait notre conquête et ils forment un excellent ménage.

— Oui, il semble que tout ait fini par se tasser. Le bébé aura sans doute rétabli l'équilibre. La naissance d'un gosse calme en général les filles. Je ne parle pas pour moi, ajouta rêveusement Blanche. J'étais folle des deux miens, Len et Mary, mais ça ne m'a pas empêchée de filer avec Johnnie Pelham et de les planter là sans une arrière-pensée.

Joan la fustigea du regard.

— Vraiment, Blanche, s'exclama-t-elle avec feu, comment as-tu pu faire ça ?

— C'est un peu moche, hein ? concéda Blanche. Mais, bien entendu, je savais qu'ils seraient parfaitement en sécurité avec Tom. Il était aux petits soins pour eux, il lavait lui-même leurs bavoirs, faisait bouillir les biberons et ainsi de suite. Et, après mon départ, il a engagé une nurse vraiment charmante, qui lui convenait mille fois mieux que moi : elle s'occupait de la cuisine, veillait au raccommodage et patati et patata. Cher Tom ! Quel brave type ! Il m'envoyait régulièrement une carte à Noël et à Pâques. Ça a duré des années. C'était chic de sa part, tu ne trouves pas ?

Joan ne put répondre. Des pensées trop contradictoires l'assaillaient. Par-dessus tout, elle s'étonnait que cette... que *ceci* pût être Blanche Haggard, que la fille stylée, honnête, l'élève la plus brillante de Sainte-Anne, fût devenue cette souillon, qu'elle ne montrât pas la moindre honte à révéler en détail son existence scandaleuse. Et avec quel vocabulaire !

Voyons, Blanche Haggard n'avait-elle pas gagné le premier prix d'expression orale, à Sainte-Anne ?

Blanche reprit.

— Cela ne m'épate qu'à moitié que Barbara Wray soit ta fille, Joan. Ça prouve seulement qu'on fait partout des racontars. J'ai entendu dire qu'elle était très malheureuse chez ses parents et qu'elle avait épousé le premier venu pour déguerpir.

— C'est ridicule ! D'où viennent ces bruits stupides ?

— Je l'ignore. Mais je mettrais ma main au feu, Joan, pour affirmer que tu as toujours été une matrone exemplaire. Je ne t'imagine pas capricieuse, ni versatile...

— Tu es bien aimable, Blanche. Je crois, en effet, pouvoir dire que nous avons rendu le foyer agréable à nos enfants et fait tout notre possible pour leur bonheur. Je crois essentiel, vois-tu, de pouvoir être l'amie de ses enfants.

— Parfait. Si on y arrive.

— Oh ! c'est faisable. Il suffit de se remémorer sa jeunesse et de se mettre à leur portée. (Joan pencha son visage, si gracieusement sérieux, un peu plus près de celui de son amie d'enfance.) Nous nous y sommes toujours évertués, Rodney et moi.

— Rodney ? Laisse-moi réfléchir. Tu as épousé un avoué, n'est-ce pas ? Oui, j'avais été à l'étude, à l'époque où Harry voulait obtenir le divorce d'avec sa poison de femme. Je crois que c'est ton mari que nous avions consulté... Rodney Scudamore ! Oui, il avait été extraordinairement bon et gentil, tellement compréhensif ! Et tu es restée collée à lui si longtemps ? Sans t'offrir de fantaisies ?

Joan se raidit un peu pour répondre :

— Ni l'un ni l'autre, nous n'avons eu envie de *fantaisies*. Rodney comme moi, nous avons connu le parfait bonheur conjugal.

— Toi, bien entendu, tu as toujours été froide comme un poisson, Joan. Mais j'aurais juré que ton mari... avec son œil égrillard...

— Oh ! Blanche ! (L'indignation fit rougir Joan.) L'œil égrillard ! Rodney !

Et, tout à coup, une idée insolite lui traversa l'esprit, fugitive comme l'image du serpent qu'elle avait vu sinuer la veille, sur la piste gris poussière devant l'auto. À peine l'avait-elle aperçu que, déjà, il avait disparu. Cette fois, l'apparition consistait en trois mots, surgissant on ne sait d'où et retournant tout de suite à l'oubli :

La fille Randolph...

Trois mots disparaissant avant qu'elle en eût pris conscience.

Blanche se répandit en excuses.

— Pardon, Joan ! Allons donc au salon, prendre un café. J'ai toujours eu l'esprit mal tourné, tu sais !

— Oh ! non !

La protestation lui avait sauté aux lèvres, spontanée et visiblement scandalisée.

Blanche en parut toute joyeuse.

— Oh ! si ! Tu ne te souviens pas ?

Mais Joan n'avait que de bons souvenirs de son amie. Elle se rappelait Blanche sur le terrain de hockey, avec ses cheveux blonds flottant sur son dos — Blanche à la tête de sa classe, souriant d'un air victorieux —, Blanche faisant des grimaces derrière le professeur de français, ou parodiant l'accent pédant de miss Lorrimer, le professeur de mathématiques.

— Tu te rappelles pourtant le jour où j'ai sauté le mur pour aller flirter avec le fils du boulanger ?

Joan eut un petit haut-le-corps. Elle avait oublié cet incident. À l'époque, on en avait fait un exploit audacieux et, oui, romanesque. Grossier, déplaisant épisode, à vrai dire.

Blanche se carra dans son fauteuil de paille et commanda le café en riant d'elle-même.

— Une petite garce en herbe, voilà tout bonnement ce que j'étais. Oh ! je sais ce qui m'a perdue ! Je me suis toujours trop intéressée aux hommes. Et à des vauriens ! Amusant, n'est-ce pas ? D'abord Harry, qui ne valait certes pas cher, mais qui était fichtrement beau. Puis, Tom, qui ne cassait rien, ce qui ne m'empêchait pas d'en être toquée. Johnnie Pelham... le peu que ça a duré, quel bon temps ! Gerald n'est pas très recommandable non plus...

L'apparition du café interrompit la litanie que Joan ne pouvait s'empêcher d'estimer de mauvais goût.

Blanche s'en aperçut.

— Pardon, Joan ! Je te scandalise. Toujours un peu coincée, hein ?

— Oh ! dit Joan avec un sourire indulgent, je crois que je sais avoir l'esprit large !

Elle ajouta gauchement :

— Je veux seulement dire que je... que je déplore...

— Mon genre de vie ? (L'idée parut égayer Blanche.) Tu es bien gentille, chérie. Mais ne t'en donne pas la peine. J'ai bien rigolé.

Malgré elle, Joan lorgna sa voisine du coin de l'œil. Blanche soupçonnait-elle ce que son aspect présentait d'affligeant ? Avec ses cheveux mal décolorés, ses frusques sales et voyantes, son visage hagard, ridé, c'était une vieille femme, une vieille femme de mauvaise vie, une dévergondée, une roulure !

Reprenant son sérieux, Blanche dit avec gravité :

— C'est toi qui as raison, Joan. Tu as parfaitement su vivre. Moi, j'ai tout raté. J'ai fait un sacré gâchis de mon existence ! Moi, j'ai dégringolé. Toi, tu as grimpé... Non, tu es restée au même échelon : bonne élève de Sainte-Anne, faisant un mariage honorable. Bonne publicité pour l'école !

Désireuse d'amener la conversation sur le seul sujet qu'elles avaient en commun, Joan s'écria :

— C'était le bon temps, n'est-il pas vrai ?

— Comme ci, comme ça. (Blanche ne se gêna pas pour exprimer son opinion.) Je m'ennuyais, la plupart du temps. Cette atmosphère niaisement guillerette et scrupuleusement saine me donnait envie de fuir et de voir du pays. Eh bien ! fit-elle avec une moue joyeuse, en faisant mine de plaisanter, j'en ai vu. Je peux dire que j'en ai vu de toutes les couleurs !

Joan s'avisa soudain de ce qui motivait la présence de Blanche au relais.

— Rentres-tu en Angleterre ? Par le car, demain matin ?

Cette éventualité fit battre son cœur un peu plus vite. Elle n'avait réellement aucune envie de voyager en compagnie de Blanche. Une rencontre fortuite, c'était parfait ; mais elle doutait sincèrement de pouvoir tenir son rôle amical à travers toute l'Europe. Les réminiscences du passé s'épuiseraient vite.

Blanche grimaça un sourire :

— Non, je pars dans l'autre direction. À Bagdad. Retrouver mon mari.

— Ton mari ?

Joan était stupéfaite à l'idée que Blanche pût avoir quelque chose d'aussi respectable qu'un mari.

— Oui, il est ingénieur, ingénieur des chemins de fer. Donovan. Il s'appelle Donovan.

— Donovan ? (Joan secoua la tête.) Je ne me souviens pas de l'avoir rencontré.

Blanche s'esclaffa :

— Tu ne risquais pas de le voir dans le monde, chérie ! Il n'est pas du tout de ton milieu. C'est un Irlandais de classe moyenne et qui boit comme un trou, avouons-le. Mais il a un cœur d'or. Figure-toi que je suis tout pour lui.

— C'est son devoir, approuva Joan en bonne amie et en femme du monde.

— Chère vieille Joan ! Toujours la même, n'est-ce pas ? Tu peux te réjouir : je ne pars pas avec toi. Tu perdrais ton angélique patience après quelques jours en ma compagnie. Ne te crois pas obligée de protester ! Je sais ce que je suis devenue. Vulgaire de corps et d'âme, c'est ce que tu penses. Allons, il y a pire.

En son for intérieur, Joan doutait carrément qu'il pût y avoir pire. La déchéance de son amie lui semblait une véritable tragédie.

Blanche était intarissable :

— J'espère que tu feras bon voyage, dit-elle. Mais je n'en jurerais pas. Il me semble que les pluies vont commencer. Dans ce cas-là, tu peux rester en panne pendant des jours, en plein bled.

— Dieu m'en préserve ! Cela bouleverserait toutes mes prévisions, mes réservations...

— Oh ! la traversée du désert est rarement conforme aux prévisions. Jusqu'à ce qu'on ait franchi les gués, du moins. Après, ça va tout seul. Naturellement, les chauffeurs emportent de bonnes provisions de vivres et d'eau potable. N'empêche que c'est un peu embêtant de rester en carafe, sans rien d'autre à faire qu'à réfléchir.

Joan sourit.

— Cela peut être une diversion plaisante. Tu sais, la vie quotidienne ne laisse jamais le temps de se reposer tout à fait. J'ai souvent souhaité de passer une semaine quelque part en n'ayant strictement rien à faire.

— J'aurais cru que tu pouvais t'offrir ça à ta guise.

— Détrompe-toi, ma chère Blanche. Je suis très occupée, dans ma petite sphère. Je suis secrétaire du Comité agricole, je suis membre du Conseil de la Croix-Rouge locale. Et puis je m'intéresse aux œuvres, aux guides et, très activement, aux questions de politique. Plus la tenue de la maison. Nous sortons pas mal, Rodney et moi, mais nous recevons aussi. J'ai toujours pensé qu'il était excellent pour un homme de loi de cultiver ses relations. Et puis, j'adore les fleurs et j'aime jardiner. Le croirais-tu, Blanche ? Je n'ai pratiquement pas une minute, sauf parfois un quart d'heure avant le dîner, pour m'asseoir tranquillement et me reposer. Et se tenir au courant des livres dont on parle est assez astreignant.

— Tu as l'air de mener tout cela de front à merveille, murmura Blanche en fixant le visage exempt de rides.

— Oh ! mieux vaut s'user que se rouiller ! Et j'avoue que j'ai toujours joui d'une excellente santé. Je me rends vraiment compte de ma chance. Mais, malgré tout, ce serait merveilleux de sentir qu'on a un jour, ou même deux, à ne rien faire d'autre que réfléchir.

— Je me demande, dit Blanche, à quoi tu réfléchirais.

Joan se mit à rire, d'un rire qui tintait clair :

— Les sujets de réflexion ne manquent à personne, je suppose.

Blanche grimaça un sourire :

— On peut toujours méditer sur les péchés qu'on a commis !

— Oui, c'est exact, acquiesça Joan par politesse, mais sans apprécier cette suggestion.

Blanche la regarda d'un œil pénétrant.

— Cela ne t'occuperait pas longtemps !

Elle fronça les sourcils et continua tout à trac :

— Tu en viendrais vite à te remémorer tes bonnes actions. Et toutes les chances qui ont favorisé ta vie ! Hum !... Je ne sais pas... Cela pourrait être plutôt gênant. Je me demande... (Elle hésita.)... si l'on n'avait rien d'autre à faire que penser à soi-même pendant plusieurs jours, je me demande ce que l'on découvrirait...

Joan parut sceptique — et rebelle à l'idée.

— Pourrait-on découvrir quoi que ce soit que l'on ne sût déjà ?

Blanche pesa ses mots :

— Je crois que c'est possible. (Elle eut un petit frisson.) J'aime mieux ne pas essayer.

— Évidemment, reprit Joan, certains ont un penchant pour la vie contemplative. Moi, j'en suis très loin. Le point de vue mystique m'est totalement étranger. Je ne crois pas du tout posséder ce genre de religion. Elle me semble terriblement exagérée, si j'ose dire.

— Il est certainement plus simple, approuva Blanche, d'avoir recours aux prières brèves et usuelles. (Et, en réponse au regard interrogateur de Joan, elle s'empressa d'ajouter :) Que Dieu fasse miséricorde à la grande pécheresse que je suis ! Voilà qui résume à peu près tout.

Joan se sentit un peu embarrassée.

— Oui, dit-elle. Oui, certainement.

Blanche éclata de rire.

— L'ennui, pour toi, Joan, c'est que tu n'es pas une pécheresse ! Cela te prive de bien des prières ! Moi, je suis solidement équipée. Il me semble parfois que je n'ai jamais cessé de faire le contraire de ce que j'aurais dû.

Joan resta muette, ne sachant trop que dire. Blanche reprit d'un ton léger :

— Oh ! savoir vivre est difficile ! On part quand on devrait se cramponner, on s'emballe quand on devrait rester tranquille. À certains moments, la vie est si belle qu'on a peine à croire à la réalité — et puis, pan ! on tombe dans un enfer de catastrophes et de souffrances ! Quand tout va bien, on croit que ça durera toujours — et ça, c'est impossible. Et quand on est dans le pétrin, on croit qu'on n'en sortira jamais, qu'on ne se retrouvera jamais à l'air libre. C'est la vie, que veux-tu !

Cette conception de l'existence différait tellement de celle de Joan et de la vie telle qu'elle la connaissait, qu'elle fut incapable de répondre d'une manière judicieuse.

D'un mouvement brusque, Blanche se leva.

— Tu tombes de sommeil ! Moi aussi. Et nous partons de bonne heure, demain matin. Je suis enchantée de cette rencontre, Joan !

Les deux femmes prolongèrent un instant leur poignée de main. Assez gauchement, avec une intonation de tendresse un peu rude, Blanche dit très vite :

— Ne te tracasse pas pour ta Barbara ! Tout ira bien, j'en suis sûre. Bill Wray est un brave type, tu sais. Et puis le gosse arrangera les choses. Évidemment, elle est très jeune — et le genre de vie, là-bas, tourne la tête de bien des femmes.

Ne comprenant rien à ces considérations, Joan ne montra qu'un étonnement total. Elle demanda franchement :

— Mais de quoi parles-tu ?

Blanche se contenta de la regarder avec admiration.

— Toujours le bon esprit de Sainte-Anne ! Ne jamais rien admettre ! Tu n'as pas changé d'un pouce, Joan. À propos, je te dois vingt-cinq livres. C'est la première fois que j'y pense !

— Oh ! ne te tourmente pas !

— N'aie crainte ! s'esclaffa Blanche. J'ai dû avoir l'intention de te rembourser ; mais, au fond, quand on prête de l'argent, on sait bien qu'on ne le reverra jamais. Alors, je ne me suis guère tracassée. Tu as été chic, Joan ! Cette somme m'est arrivée comme un miracle.

— Tu faisais opérer un de tes enfants, il me semble.

— Je le craignais ; mais, finalement, le mioche s'est parfaitement guéri tout seul. Alors, nous nous sommes offert une petite partie fine — et un bureau à cylindre, qui a fait longtemps le bonheur de Tom, je dois dire.

Mue par un lointain souvenir, Joan demanda :

— A-t-il fait son livre sur Warren Hastings ?

Blanche prit un air radieux.

— Bravo pour ta mémoire, Joan ! Oui : 120 000 mots !

— Il l'a fait éditer ?

— Bien sûr que non ! Il a commencé une vie de Benjamin Franklin. Sans plus de succès. Drôle de goût, n'est-ce pas, de se passionner pour des vieilles barbes comme ça ! Moi, si j'écrivais une biographie, ce serait celle de Cléopâtre, par exemple, ou de Casanova — bref d'un personnage ayant mené une vie un peu plus mouvementée. Enfin, chacun ses idées. Tom a repris une situation, mais moins brillante qu'auparavant. Je suis bien contente qu'il ait eu cet intermède, pour se détendre. C'est tellement important, ne crois-tu pas, que les hommes exercent leur activité dans le sens qui leur plaît ?

— Cela dépend ! contesta Joan. Cela dépend des cas. Il y a tellement de points de vue à considérer !

— N'as-tu pas vécu selon tes goûts ?

— Moi ? dit Joan, prise de court.

— Oui, toi, insista Blanche. Tu voulais épouser Rodney Scudamore, non ? Et tu voulais avoir des enfants — et un foyer paisible. (Elle éclata de rire en ajoutant :) Et vivre heureuse, et rendre gloire à Dieu. *Amen*.

Joan se mit à rire, elle aussi, soulagée par le ton plus léger de leur conversation.

— Ne te moque pas de moi ! J'ai eu beaucoup de chance, je le reconnais.

Mais, effrayée de son absence de tact devant la misère et les malheurs de Blanche, elle s'empressa d'ajouter :

— Il faut vraiment que je monte me coucher. Bonne nuit ! Quelle joie de t'avoir rencontrée !

Elle serra chaleureusement la main de Blanche. (Blanche s'attendait-elle à ce qu'elles s'embrassent ? Sûrement pas.) Et elle gravit légèrement l'escalier.

Pauvre Blanche ! pensa-t-elle en se déshabillant, en étalant et pliant soigneusement son linge et en sortant une paire de bas propres pour le lendemain. *Pauvre Blanche ! C'est vraiment lamentable !*

Elle enfila son pyjama et se mit à se brosser les cheveux.

Pauvre Blanche ! Elle est horrible — et si vulgaire !

Prête à se coucher, elle hésita.

Bien sûr, personne ne fait sa prière tous les soirs. À vrai dire, il y avait longtemps que Joan n'avait pas fait la sienne. Et elle n'avait guère mis les pieds à l'église, ces derniers temps.

Mais cela ne nuisait en rien à ses convictions.

Un désir insolite la prit subitement, celui de s'agenouiller, au bord de ce lit d'aspect si peu confortable (ces draps de coton, peu engageants ; Dieu merci, elle avait emporté un coussin douillet) et... hé ! oui... de réciter ses prières consciencieusement, comme une petite fille.

Cette pensée l'intimida et la mit vaguement mal à l'aise.

Elle sauta d'un bond dans son lit et rabattit les couvertures. Puis elle prit le volume posé sur la petite table de chevet : *Mémoires de Lady Catherine Dysart*, récit très spirituel de l'époque victorienne, écrit d'une plume alerte.

Après avoir lu quelques lignes, elle s'aperçut qu'elle ne pouvait pas se concentrer.

Je suis très fatiguée, pensa-t-elle.

Elle remit le livre en place et éteignit.

Son désir de prière lui revint. Qu'avait donc dit Blanche de si choquant ? « Cela te prive de bien des prières. » Qu'entendait-elle par là ?

Joan formula mentalement une prière rapide, une prière composée de mots sans suite, mal raccordés les uns aux autres.

Dieu !... Je Te remercie... Pauvre Blanche !... Je Te rends grâce de ne pas être comme elle... Dieu soit loué !... D'avoir eu tant de chance !... Surtout de ne pas être comme cette pauvre Blanche... Pauvre Blanche !... Vraiment horrible... C'est sa faute, bien sûr... Dévergondée, horrible... Quel choc pour moi !... Dieu merci, je suis bien différente... Pauvre Blanche !...

Puis elle s'endormit.

2

Il pleuvait lorsque Joan sortit du relais, le lendemain matin. Et cette petite pluie fine semblait tout à fait insolite dans cette partie du monde.

Joan s'aperçut qu'elle était seule à prendre la direction de l'ouest, circonstance plutôt rare, lui dit-on, bien que le nombre de voyageurs fût très réduit, en cette saison. Le vendredi précédent, par exemple, elle serait partie en nombreuse compagnie.

Elle trouva devant la porte un vieil autocar de tourisme, avec un chauffeur européen et un assistant indigène. Le directeur du relais, profilé sur l'aube grise, l'attendait pour l'aider à monter dans le car. Il invectiva les Arabes en leur faisant installer les bagages à sa convenance et souhaita à *Mademoiselle*, comme il appelait toutes ses clientes, un bon et confortable voyage. Puis il s'inclina majestueusement et lui tendit un petit carton-repas, en prévision de son déjeuner. Le chauffeur cria joyeusement :

— Adi-adi, Satan ! À ce soir, ou à la semaine prochaine ! Et je crois que ce sera plutôt la semaine prochaine.

L'autocar démarra et sinua le long des rues de la ville orientale, entre des constructions d'architecture occidentale — grotesque paradoxe. Surpris par le Klaxon incessant du chauffeur, de petits ânes faisaient des écarts et une marmaille grouillante détalait. À la sortie de la ville, l'autocar déboucha sur une route mal pavée, mais d'une largeur assez imposante pour faire croire à sa pérennité. Hélas ! deux kilomètres plus loin, elle se termina brusquement et une vague piste lui fit suite.

Par beau temps, apprit Joan, il fallait environ sept heures pour atteindre Tell Abu Hamid, terminus des chemins de fer turcs. Le train en provenance d'Istanbul y arrivait le matin et en repartirait le soir, à 21 h 30. Les voyageurs passaient des heures d'attente dans un relais, sommaire évidemment, où ils pouvaient se restaurer en cas de besoin. Peut-être allait-on croiser en cours de route la caravane des cars qui en venaient.

Celui de Joan n'avançait plus que par une succession de cahots. Ballottée de gauche à droite, Joan manquait à tout moment d'être projetée à bas de son siège.

Le conducteur lui cria par-dessus son épaule qu'il espérait qu'elle supportait bien cette allure. Ils étaient sur une portion de route très défoncée, mais il tenait à rouler aussi vite que possible, au cas où il rencontrerait des difficultés au passage des trois gués qu'il leur fallait franchir. Par moments, il lançait un regard anxieux vers le ciel.

La pluie se mit à tomber plus fort et l'autocar entama une série de dérapages et de zigzags, qui donnèrent à Joan une légère sensation de malaise.

Ils arrivèrent au premier gué vers 11 heures. Ils traversèrent sans encombre la faible étendue d'eau et, après une remontée un peu périlleuse sur la berge opposée, ils purent crier victoire. Mais, deux kilomètres plus loin, la voiture s'embourba et refusa d'avancer.

Joan enfila son imperméable et sortit de l'autocar. Elle ouvrit le carton-repas et déjeuna en marchant de long en large, tout en s'intéressant au travail des deux hommes, qui dégageaient la voiture à coups de pelles, se passaient le cric, glissaient sous les roues des planches qu'ils avaient pris la précaution d'emporter. Ils suaient, peinaient et les roues continuaient à tourner sur elles-mêmes. Joan doutait du succès de l'entreprise ; mais le conducteur lui assura qu'il avait vu bien pire. Enfin, avec une vitesse de rotation ridiculement excessive, les roues mordirent le sol, grincèrent et le car bondit en avant, sur le terrain plus dur.

Un peu plus loin, deux autocars roulaient en sens inverse. Les trois voitures s'arrêtèrent et les chauffeurs tinrent conseil, échangeant recommandations et renseignements.

Parmi les autres voyageurs, Joan aperçut une femme avec un bébé, un jeune officier français, un vieil Arménien et deux hommes d'affaires britanniques.

Le car de Joan reprit sa route. Ils firent encore deux haltes obligatoires et, chaque fois, les longs et laborieux efforts de déblaiement se renouvelèrent. Le deuxième gué fut plus difficile à franchir que le premier. Ils y arrivèrent au crépuscule et un véritable torrent y coulait.

Inquiète, Joan demanda :

— Le train attendra-t-il ?

— Une heure, habituellement. L'horaire le permet ! Pourtant, on n'attend pas au-delà de 21 h 30. Mais la piste s'améliore à partir d'ici. Le sol change de nature. Nous arrivons en plein désert.

Le gué suivant leur réservait de grosses difficultés, à cause de la berge qui était raide, boueuse et glissante. La nuit tombait lorsque le car se retrouva sur la terre ferme. De là, le trajet se fit tout seul ; mais ils n'atteignirent pas Tell Abu Hamid avant 22 h 15. Le train pour Istanbul était parti.

Rompue de fatigue, Joan ne se rendait plus compte de rien. Elle entra en titubant dans la salle à manger, s'écroula devant une des tables de bois blanc, refusa le menu, demanda du thé et gagna tout de suite la chambre à trois lits de fer, mal éclairée, sinistre. Après avoir sorti le strict minimum de ses bagages, elle s'effondra sur son lit et s'endormit d'un sommeil lourd.

Le lendemain matin, elle s'éveilla en possession de son calme et de son équilibre habituels. S'asseyant sur son lit, elle consulta sa montre : il était 9 heures et demie. Elle se leva, fit sa toilette et entra dans la salle à manger. Lorsqu'un Hindou, la tête serrée dans un turban décoratif, apparut, elle commanda son petit déjeuner, puis alla lentement jusqu'à la porte et jeta un coup d'œil désabusé au-dehors. Elle avait véritablement échoué dans un pays perdu.

À l'aller, elle avait pris l'avion, du Caire à Bagdad. La voie terrestre était une découverte pour elle. Il fallait sept jours pour se rendre de Bagdad à Londres : le train menait jusqu'à Kirkuk ; puis, une journée de voiture, une nuit au relais, et la suite en autocar jusqu'à Tell Abu Hamid ; là, le Taurus-Express vous emmenait à Istanbul, où l'on passait dans le Simplon-Orient. Tel était l'itinéraire normal ; mais toutes ces prévisions tombaient à l'eau et elle se trouvait momentanément en panne.

Aucune menace de pluie, ce matin-là. Le ciel était bleu, sans un nuage et, de tous les côtés, on ne voyait que du sable fin, partout de même couleur brun doré. Contre le relais, un réseau de fils de fer barbelés enserrait un tas d'ordures, de déchets, de boîtes de conserve vides, à côté d'un enclos où quelques poulets étiques traînassaient en poussant des cris aigres. Des nuages de mouches s'abattaient sur les boîtes vides, attirées par les reliefs alimentaires. Ce que Joan avait pris pour un ballot de linge sale s'agita tout à coup : c'était un petit Arabe.

Un peu plus loin, derrière un autre réseau de barbelés, le bâtiment trapu devait être la gare, flanquée d'une sorte de puits artésien, ou d'une citerne. Au loin, vers le nord, l'horizon était marqué par un profil imprécis de montagnes.

Autour, le néant. Pas de clôtures, pas de maisons, aucune végétation, pas un être humain. Une gare, une voie ferrée, quelques poulets, une quantité disproportionnée de barbelés, rien de plus.

Vraiment, pensa Joan, c'est très amusant. Bloquée dans un endroit aussi extraordinaire ! L'Hindou parut sur le pas de la porte et annonça que le petit déjeuner de la Memsahib était servi.

Joan fit demi-tour et entra pour retrouver l'atmosphère caractéristique des relais : l'obscurité, l'odeur de graisse de mouton, d'huile de paraffine et de Fly-tox l'accueillirent comme une sorte de rite désagréable.

On lui avait préparé du café, du lait (en boîte), un plat entier d'œufs frits, quelques petites rondelles de pain grillé, dur comme du fer, une jatte de confiture et une compote de pruneaux à l'air suspect.

Elle mangea de bon appétit, puis l'Hindou réapparut pour s'enquérir de l'heure à laquelle la Memsahib déjeunerait.

Joan demanda que ce ne soit pas trop tôt et ils convinrent d'1 heure et demie.

Les trains partaient trois fois par semaine : lundi, mercredi, vendredi. C'était jeudi, aussi ne pourrait-elle partir avant le lendemain soir. Elle interrogea l'homme au turban sur l'exactitude de son calcul :

— Exact, Memsahib. Manqué train, hier soir. Mauvaise chance. Piste impraticable ; pluie très forte, la nuit. Ça veut dire cars impossible aller et venir Mossoul ici plusieurs jours.

— Mais les trains fonctionnent ?

Joan ne s'intéressait nullement à la piste de Mossoul.

— Oh ! oui, train arriver demain matin. Partira demain soir.

Avec un hochement de tête satisfait, Joan s'enquit de l'autocar qui l'avait amenée.

— Parti ce matin très tôt. Conducteur espère passer. Moi pas sûr. Crois sera en panne un jour, ou deux, en route.

Sans s'y intéresser davantage, Joan pensa que c'était en effet bien probable.

L'homme enturbanné continua son rôle d'informateur.

— Ça, là-bas : la gare, Memsahib.

Joan répondit qu'elle s'en était doutée.

— Gare turque. Gare en Turquie. Chemin de fer turc, derrière barbelés. Voyez ! Barbelés : frontière.

Joan considéra la frontière avec respect et s'amusa de l'aspect vraiment bizarre que pouvait prendre une frontière.

L'Hindou s'épanouit pour dire :

— Déjeuner, 1 heure 30 exact !

Puis il disparut. Quelques minutes plus tard, elle l'entendit crier, d'une voix furieuse et gutturale, des profondeurs de la bâtisse. Deux autres voix lui firent écho. Un désordre familier à ce pays.

Joan chercha pourquoi c'étaient toujours des Hindous qui tenaient les relais comme celui-ci. Peut-être avaient-ils acquis les mœurs européennes. D'ailleurs, cela présentait peu d'intérêt.

À quoi allait-elle consacrer cette matinée ? Elle pouvait poursuivre l'attrayante lecture des *Mémoires de Lady Catherine Dysart*. Ou bien écrire des lettres, qu'elle expédierait de la gare d'Alep. Elle avait justement un bloc de papier et quelques enveloppes dans ses bagages. Mais elle hésita un moment à la porte. Cet intérieur était tellement sombre et malodorant ! Peut-être ferait-elle une promenade.

Elle alla chercher son chapeau de feutre. Non que le soleil fût réellement dangereux en cette saison, mais mieux valait être prudente. Elle mit ses lunettes noires et glissa son bloc de papier, ainsi que son stylo, dans son sac.

Puis elle sortit, longea le dépôt d'immondices et le tas de boîtes vides, en tournant le dos à la gare, songeant que des complications internationales pourraient surgir si elle essayait de passer la frontière.

Et elle songea :

Comme c'est curieux de partir à l'aventure, sans avoir aucun but !

C'était une impression nouvelle et digne d'être notée. Quand on marchait dans les dunes, dans les landes, sur une plage ou une route, c'était toujours avec un objectif déterminé, pour aller sur l'autre versant de la montagne, vers un bouquet d'arbres ou un champ de bruyères, pour descendre un sentier jusqu'à la ferme, pour suivre la route nationale jusqu'à la ville voisine, ou longer les vagues jusqu'à la crique.

Au contraire, ici, il n'existait pas de terminus. S'éloigner du relais, voilà tout ce qu'on pouvait faire. À droite, à gauche, devant, rien d'autre qu'un horizon brunâtre et nu.

Elle partit sans presser le pas. L'air était doux. Il faisait chaud, mais sans excès. Un thermomètre, pensa-t-elle, marquerait 21 °C. Et il y avait une faible, une très faible brise. Elle marcha environ dix minutes avant de se retourner.

Le relais et ses dépendances sordides gagnaient à être vus de loin. La distance leur donnait un cachet pittoresque. Au-delà, la gare ressemblait à un cube de pierre, ou à un jeu d'enfant.

Joan sourit et continua sa promenade. Vrai, l'air était délicieux ! D'une pureté ! D'une fraîcheur ! Rien de vicié, ici, pas trace d'humanité, ni de civilisation ! Le soleil, le ciel, le sable, rien de plus. N'était-ce pas grisant ? Elle se réjouit et se félicita de son sort. Vraiment, quelle aventure ! Une entaille fort agréable dans la monotonie de l'existence. Elle était ravie d'avoir raté le train. Vingt-quatre heures de repos complet, de paix totale, lui seraient salutaires. Et elle pouvait en profiter la conscience tranquille, puisque son retour n'était pas absolument urgent. Elle pourrait d'ailleurs télégraphier à Rodney d'Istanbul, pour expliquer son retard.

Cher, brave Rodney ! Elle se demanda ce qu'il faisait à cet instant. Ce n'était pas difficile à deviner : elle le savait fort bien ! Il était assis dans son bureau, à l'étude Alderman, Scudamore et Witney, une pièce agréable au premier étage, avec vue sur la place du Marché. Il aimait cette pièce, où il s'était installé à la mort du vieux Mr Witney. Joan se souvint d'un jour où elle était venue le voir à l'improviste : elle l'avait trouvé debout à la fenêtre, regardant la foire et le bétail qu'on amenait. « Joli troupeau de shetlands ! » avait-il dit. Étaient-ce bien des shetlands ? Joan n'était pas très versée dans les questions d'élevage, mais c'était quelque chose d'approchant. Elle venait lui dire : « Je veux vous parler de la chaudière, Rodney. Le devis de Galbraith me paraît tout à fait excessif. Faut-il que je m'adresse à Chamberlain ? »

Elle revoyait l'indolence avec laquelle Rodney avait fait volte-face, enlevé ses lunettes, et s'était frotté les yeux avant de la regarder d'un air absent, lointain, comme s'il ne la voyait pas. Et elle entendait encore le ton sur lequel il avait répété : « La chaudière ? » comme s'il s'agissait d'un objet compliqué, bizarre, dont il n'aurait jamais entendu parler. Enfin, il avait répondu, avec une physionomie vraiment stupide : « Je crois que

Hoddesdon vend son jeune taureau. Il est à court d'argent, je suppose. »

Elle avait trouvé très gentil, de la part de Rodney, de s'intéresser ainsi au vieil Hoddesdon, de la ferme du Bas-Pré. Pauvre bonhomme ! On le savait en mauvaise passe. Mais elle souhaitait que Rodney répondît un peu plus vite à ce qu'elle était venue lui dire, car, en fin de compte, un avoué devait avoir l'esprit vif, la repartie facile. Et si Rodney recevait ses clients avec cet air hagard, cela risquait de produire fâcheuse impression.

Aussi avait-elle repris avec une impatience affectueuse, volontairement un peu autoritaire :

« Laissez la laine et les moutons, Rodney : c'est de la chaudière que je vous parle. Pensez au chauffage central ! »

Rodney avait alors approuvé cette idée de s'adresser ailleurs ; mais les prix étaient en hausse, avait-il dit, et voilà peut-être ce qui justifiait les prétentions de Galbraith. Puis, comme il lorgnait les papiers entassés sur son bureau, elle avait dit qu'elle ne voulait pas lui faire perdre son temps, car il paraissait avoir beaucoup à faire.

Rodney avait souri et répondu qu'en effet, le travail s'accumulait ; il s'était déjà offert une petite distraction en regardant la foire. « C'est pour cela que j'aime cette pièce, avait-il dit. Toute la semaine j'attends le vendredi. Écoutez ! »

Il avait levé la main ; elle avait prêté l'oreille et entendu un concert de bêlements et de mugissements, une vraie cacophonie de bruits horribles, mais que Rodney semblait prendre plaisir à écouter. Il gardait la tête un peu penchée, un indéfinissable sourire aux lèvres…

Enfin, ce n'était pas jour de foire, aujourd'hui. Rodney était à son bureau, sans distractions. Et les craintes de Joan au sujet de l'air hagard avec lequel Rodney recevait les clients étaient absolument imaginaires. Il était de beaucoup le plus estimé de la charge. On ne disait que du bien de lui, ce qui était presque partie gagnée pour un avoué de petite ville.

Dire que sans moi, pensa fièrement Joan, *il aurait refusé cette carrière !*

Sa pensée revint au jour où Rodney lui avait annoncé la proposition de son oncle.

Il s'agissait d'une affaire de famille, d'une étude florissante que garantissait son passé. Et il avait toujours été entendu que Rodney y entrerait lorsqu'il aurait fini son droit. Mais l'oncle Henry offrait tout à coup de le prendre comme associé, avec des conditions tellement avantageuses que c'était une véritable aubaine.

Joan exprima sa surprise et sa joie, avant de féliciter chaleureusement Rodney, puis elle s'aperçut qu'il ne semblait guère partager son allégresse. Il fit cette réponse incroyable :

— Si j'accepte…

Elle s'écria avec effroi :

— Comment !

Elle se rappelait nettement le visage blême et las qu'il avait alors tourné vers elle. Elle découvrait là combien Rodney était nerveux. Les doigts tremblants, il arrachait des brins d'herbe, et ses yeux noirs eurent un regard étrange, suppliant. Il bredouilla :

— Je hais la vie de bureau. Je la déteste.

Joan avait compati de tout cœur.

— Oh ! je sais bien, chéri. C'est une vie étouffante, une vie de travail intensif et absolument abrutissante, totalement dépourvue d'agrément. Mais le titre d'associé changera tout ! Je veux dire que vous vous prendrez certainement d'intérêt pour...

— Pour les contrats, testaments, clauses et codicilles, attendus, etc... ?

Il avait égrené cette antienne stupide en jargon légal, le sourire aux lèvres, mais les yeux tristes et l'air suppliant. Oh ! l'air de la supplier à genoux, elle qui aimait tant Rodney !

— Mais il était décrété de tout temps que vous entreriez à la charge, insista-t-elle.

— Je sais, je sais. Mais comment aurais-je pu savoir que cela m'ennuierait à ce point-là ?

— Ah !... Mais... quoi d'autre ?... Quel autre métier souhaiteriez-vous ?

Alors, il dit, très vite, avec ardeur, dans un débit précipité :

— Je veux devenir agriculteur. Le Petit-Pré passe en vente. Il est en mauvais état (Harley ne l'a pas bien entretenu), mais, grâce à cela, on pourrait l'avoir à bas prix — et c'est de la bonne terre, vous savez...

Il continua à découvrir ses plans, se servant de termes tellement techniques qu'elle en resta stupéfaite, car elle-même ignorait la différence entre l'orge et le blé, comme toutes les questions concernant les récoltes, le bétail, les races de vaches laitières.

Elle ne put qu'ânonner, d'une voix blanche :

— Le Petit-Pré ! Mais c'est bien au-delà d'Asheldown, dans un endroit tout à fait perdu !

— C'est de la bonne terre, Joan, bien exposée...

De nouveau, il était lancé. Elle ne se doutait pas que Rodney pût être tellement enthousiaste et s'exprimer avec cette volubilité, cette passion !

Incrédule, elle demanda :

— Mais, chéri, pourriez-vous y gagner votre vie ?

— Gagner ma vie ? Oh ! oui ! Modestement peut-être.

— C'est bien ce que je pensais. On a toujours soutenu qu'il était impossible de s'enrichir par l'agriculture.

— Ah ! sans doute. À moins d'une chance exceptionnelle, ou de quelques revenus en dehors.

— Eh bien ! vous voyez. Je répète : ce n'est pas sérieux.

— Oh ! si, Joan ! J'ai un petit capital, souvenez-vous — et, avec le rapport de la ferme et mes quelques revenus, nous serions très aisés. Pensez à la vie merveilleuse que serait la nôtre ! C'est magnifique d'habiter la campagne !

— Il me semble que vous n'en savez rien...

— Oh ! mais si ! Avez-vous oublié que mon grand-père maternel était un gros agriculteur du Devonshire ? Je passais toutes mes vacances chez lui, dans ma jeunesse. Nulle part je n'ai été aussi heureux.

Il était donc bien vrai que les hommes étaient de grands enfants !

Elle dit avec douceur :

— Je veux bien le croire, Rodney. Mais la vie, ce n'est pas les vacances ! Nous devons penser à l'avenir, Rodney. Nous avons Tony à élever.

Tony venait d'atteindre dix mois.

Elle ajouta :

— Nous en aurons peut-être d'autres.

Il l'interrogea du regard et elle inclina la tête en souriant.

— Mais justement, Joan, reprit-il, ce serait une raison de plus ! La campagne, quoi de meilleur pour les enfants ? Il n'est pas de vie plus saine ! Ils auraient des œufs du jour, du lait frais, de l'air pur — et ils apprendraient à soigner les animaux.

— Oh ! mais, Rodney, il y a tant d'autres points à considérer ! Leur éducation, d'abord. Il leur faudra de bons collèges. Et vous connaissez les frais que cela suppose. Et puis, les chaussures, les vêtements, le dentiste, le docteur... Et il faut qu'ils connaissent des amis. Non, vous n'avez pas le droit de faire ce qui vous tente, vous, personnellement. Il faut penser à ses enfants, une fois qu'on les a mis au monde. Après tout, vous avez des devoirs envers eux.

Rodney s'obstina, mais avec un doute dans la voix :

— Ils seraient heureux...

— Votre idée est irréalisable, Rodney ! Vraiment, ce n'est pas sérieux. Réfléchissez ! Si vous entrez à l'étude, vous pouvez espérer obtenir, un jour, une situation de deux mille livres par an...

— Facilement, je crois. Oncle Henry gagne davantage.

— Là, vous voyez ! Vous ne pouvez pas refuser une proposition pareille. Ce serait folie !

Elle se montra décidée, positive. Il fallait, savait-elle, défendre ses arguments, être raisonnable pour deux. Si Rodney ne voyait pas l'intérêt que présentait l'offre de son oncle, elle devait en prendre la responsabilité. Cette idée d'agriculture était touchante, mais sotte et saugrenue ! Rodney se conduisait comme un petit garçon. Elle se sentait forte, sûre d'elle-même, maternelle.

— Ne me croyez pas incapable de vous comprendre et de compatir, Rodney ! ajouta-t-elle. Je sympathise parfaitement. Mais votre désir, voyez-vous, ne s'accorde pas avec la vie normale.

Il l'interrompit : c'était au contraire à la campagne que l'on menait la vie la plus normale.

— Oui, mais pas dans le cadre... pas dans notre cadre. Tandis qu'on vous propose une excellente affaire de famille, où vous ferez des débuts magnifiques, grâce à l'offre fantastiquement généreuse de votre oncle...

— Oh ! je sais. Cela dépasse de loin tout ce que j'aurais pu prévoir.

— Alors, vous ne pouvez pas, vraiment vous ne pouvez pas refuser ! Vous le regretteriez toute votre vie. Vous auriez des remords affreux.

Il bredouilla :

— Foutue étude !

— Oh ! Rodney ! Vous ne pouvez pas la détester tant que ça !

— Si ! Je la déteste ! Je viens d'y passer cinq ans, souvenez-vous. Je sais ce que j'en pense.

— Vous vous habituerez. D'ailleurs, ce sera différent, désormais, tout à fait différent, en tant qu'associé.

Et vous finirez par vous intéresser énormément au travail, ainsi qu'à vos futurs clients. Vous verrez, Rodney : vous finirez par être parfaitement heureux.

Comme il la regarda, alors ! Elle revit son regard lourd et triste, dans lequel elle avait lu de l'amour, de la détresse et autre chose encore, peut-être une dernière, une faible lueur d'espoir.

— Comment savez-vous, demanda-t-il, que je serai heureux ?

Elle répondit très vite, gaiement :

— J'en suis tout à fait certaine ! Vous verrez !

Et elle ponctua sa phrase d'un petit signe de tête très affirmatif, très convaincu.

Il soupira et conclut sèchement :

— Eh bien ! c'est entendu. Qu'il en soit fait selon vos désirs.

Oui, pensa Joan, il s'en était fallu d'un cheveu ! Combien il était heureux pour Rodney qu'elle ait tenu bon, qu'elle ne l'ait pas laissé rejeter sa carrière pour un emballement passager ! Les hommes, pensa-t-elle, feraient de beaux gâchis de leur existence, si les femmes ne les conseillaient pas. Les femmes ont un équilibre, un sens de la réalité...

Oui, Rodney pouvait s'estimer heureux de l'avoir épousée.

Elle consulta sa montre. Dix heures 30. Inutile d'aller trop loin. D'autant plus — elle sourit — qu'il n'y avait rien à voir.

Elle regarda derrière elle. Extraordinaire ! Le relais avait presque disparu. Il s'était fondu dans le panorama, de sorte qu'on ne le distinguait plus qu'à peine.

Il faut que je prenne garde à ne pas trop m'éloigner, se dit-elle. *Je risquerais de me perdre.*

Idée ridicule ! Non, peut-être pas tellement ridicule, au fond. Ces montagnes qui barraient l'horizon s'étaient estompées. On les aurait prises pour des nuages. La gare n'existait plus.

Joan regarda tout autour d'elle avec bonheur. Rien ! Personne !

Elle se laissa doucement choir sur le sable. Ouvrant son sac, elle sortit son bloc de papier, son stylo. Elle allait écrire des lettres. Ce serait amusant de communiquer ses sensations.

À qui pourrait-elle écrire ? À Lionel West ? À Janet Annesmore ? À Dorothea ? Peut-être d'abord à Janet.

Elle dévissa le capuchon de son stylo. De son écriture souple et rapide, elle commença :

Ma chère Janet,

Tu ne devineras jamais d'où je t'écris cette lettre ! En plein milieu du désert ! Je suis en panne, entre deux trains, car ils ne partent que trois fois par semaine. J'ai trouvé ici un relais tenu par un Hindou, quelques poules, des Arabes à mine patibulaire — c'est tout ! Personne à qui parler. Rien à faire. Je ne peux te dire combien cela m'enchante !

L'air du désert est merveilleux, d'une fraîcheur incomparable. Et ce calme est indescriptible ! Il faut l'avoir connu pour savoir ce que c'est. Il me semble que, pour la première fois de ma vie, je suis seule en face de moi-même. La vie quotidienne est un tel tourbillon ! On la passe généralement à courir d'un point à un autre ! C'est ce qui doit être, je suppose ; mais il faudrait vraiment s'accorder de petits moments de méditation — et de repos.

Je ne suis là que depuis une demi-journée, mais je me sens déjà mille fois mieux. Personne avec moi ! Je ne m'étais jamais rendu compte de mon désir de solitude. C'est un merveilleux calmant pour les nerfs de savoir que, tout autour de soi, sur des centaines de kilomètres, il n'y a rien, rien que du sable et du soleil...

Sans faiblir, la plume de Joan courait sur le papier.

3

Joan s'arrêta pour regarder sa montre.

Il était midi et quart.

Elle avait écrit trois lettres. Son stylo était vide. Elle s'aperçut aussi qu'elle avait presque fini son bloc. C'était un peu contrariant : elle aurait pu écrire à d'autres amies.

Mais, songea-t-elle, écrire des lettres devenait monotone, à la longue. Le soleil, le sable, l'agrément d'avoir tout loisir pour se reposer et méditer étaient de bons sujets de lettres ; mais il fallait se creuser la cervelle pour varier tant soit peu son récit, d'une correspondance à l'autre.

Elle bâilla. Le soleil l'avait plus ou moins engourdie. Après le déjeuner, elle s'étendrait sur son lit pour une petite sieste. Elle se leva et rentra tranquillement au relais.

Elle se demanda ce que faisait Blanche à cette heure. Elle devait être arrivée à Bagdad et avoir retrouvé son mari. Celui-ci était sans doute d'un milieu impossible.

Pauvre Blanche ! Quelle horreur d'avoir dégringolé ainsi l'échelle sociale ! Pourquoi s'était-elle entichée de Harry Marston, joli garçon, mais déjà marié ? Pourquoi n'avait-elle pas lié son sort à celui d'un honnête homme, comme Rodney ? Blanche avait reconnu elle-même que Rodney était charmant.

Oui, mais, en parlant de Rodney, Blanche avait dit autre chose... Quoi donc ? À quel propos avait-elle dit que Rodney avait l'œil égrillard ? Quelle expression vulgaire ! Et tellement impropre ! Absolument injustifiée ! Rodney n'avait jamais, jamais...

La même pensée que la veille, mais cette fois, moins fugitive que l'apparition du serpent, lui effleura l'esprit.

La fille Randolph...

Vraiment ! pensa Joan avec indignation, accélérant subitement le pas comme pour distancer une vision malséante, *je ne comprends pas pourquoi je pense encore à la fille Randolph. Rodney ne m'a jamais... Voyons ! je n'ai aucune preuve, aucune raison de penser...*

Myrna Randolph était une de ces filles dont on pouvait tout craindre — une grande et belle brune, d'un genre provocant — une fille qui, si elle s'attaquait à un homme, semblait incapable d'entendre raison.

Pour parler clair, elle avait fait une cour assidue à Rodney, n'avait pas manqué une occasion de le complimenter, l'avait constamment recherché comme partenaire de tennis et ne se gênait pas, en public, pour le dévorer du regard.

Naturellement, Rodney en fut flatté. Tout homme l'eût été, à sa place. Il eût même été complètement ridicule de ne pas être flatté, ravi par les attentions d'une beauté tellement plus jeune que lui, une des plus grandes beautés de la région.

Joan se dit :

Si je n'avais pas su manœuvrer avec tact, dans cette histoire-là...

Elle énuméra les procédés dont elle avait fait usage et eut un sourire de satisfaction. Elle s'était bien tirée de cette situation, il fallait le reconnaître. Avec doigté.

— Votre bien-aimée vous attend, Rodney. Ne l'impatientez pas... Myrna Randolph, bien sûr... Oh ! oui, chéri, vous avez raison... Évidemment, elle n'a pas peur du ridicule...

Un jour, Rodney grommela :

— Je ne veux pas la prendre pour partenaire ! Mettez-la dans le camp adverse !

Joan ne craignit pas de répondre :

— Soyez un peu plus aimable, Rodney. Il faut que vous l'acceptiez !

Elle n'eut qu'à se féliciter de sa ligne de conduite : elle avait pris les choses à la légère, affectant de croire qu'il s'agissait d'une plaisanterie, et montrant clairement qu'elle était au courant de ce flirt, mais qu'elle le savait innocent.

Les avances de la fille avaient certainement fait plaisir à Rodney — bien qu'il n'eût pas cessé de maugréer contre elle et d'affirmer qu'elle l'importunait. Myrna Randolph était du genre que tous les hommes trouvent séduisant. Capricieuse, coquette, elle affectait de mépriser ses admirateurs, les traitait avec rudesse, puis, d'un clin d'œil enjôleur, les faisait rentrer en grâce.

Somme toute, pensa Joan (avec une chaleur qu'elle ne se connaissait pas) *une véritable garce ! Elle a fait tout ce qu'elle a pu pour troubler notre bonheur conjugal.*

Certes, elle ne critiquait pas Rodney — seule la fille était blâmable. Les hommes se laissent si facilement séduire ! Et, à cette époque, ils étaient mariés depuis... voyons, dix ans ? Onze ? Dix ans de mariage, c'est ce que les romanciers appellent le tournant dangereux. Le moment où l'un des conjoints peut être tenté de quitter le droit chemin. Épreuve à traverser avec prudence et au-delà de laquelle on se fixe dans un confortable équilibre. C'est là qu'ils en étaient tous deux...

Non, elle n'en voulait pas à Rodney. Elle ne lui reprochait pas même ce baiser qu'elle avait surpris.

En prenant prétexte du gui, ma parole !

Cette fille eut l'impudence de clamer en entrant au salon :

— Nous baptisons le gui, Mrs Scudamore. J'espère que cela ne vous scandalise pas !

Heureusement, pensa Joan, *j'ai pu me composer un visage et je n'ai pas tiqué.*

— Maintenant, délivrez mon mari, Myrna ! dit-elle. Mettez-vous donc en quête d'un homme plus jeune, que vous puissiez annexer pour le bon motif !

Et elle poussa gaiement Myrna par les épaules, en faisant mine de plaisanter.

Alors, Rodney lui dit :

— Je vous demande pardon, Joan. Mais la mâtine est séduisante et nous sommes en période de Noël !

Il lui sourit longuement, prolongea ses excuses, mais sans avoir l'air vraiment penaud, ni bouleversé — ce qui prouvait que le mal n'était pas très grave.

Et il ne s'aggrava pas ! Elle y avait paré ! Elle s'employa habilement à maintenir Rodney à l'écart des griffes de Myrna Randolph. Et, à Pâques, Myrna s'était fiancée au fils Arlington.

Si bien qu'en fin de compte, l'incident n'avait pas eu la moindre suite. Peut-être Rodney y trouva-t-il une petite occasion de se distraire. Pauvre cher Rodney ! Il méritait vraiment de s'amuser un peu. Il travaillait avec une telle assiduité !

Dix ans de mariage, oui, c'était un tournant dangereux. Elle-même, se souvint-elle, avait senti souffler un vent de folie... Ce jeune homme impétueux, cet artiste... Comment donc s'appelait-il ? Elle ne pouvait pas même retrouver son nom. Ne s'était-elle pas laissé quelque peu emballer ?

Elle s'avoua secrètement, non sans sourire, qu'elle s'était conduite d'une manière un peu sotte avec lui. Il avait été si pressant ! Il la caressait du regard, avec une fièvre si désarmante !

Un beau jour, il lui demanda de poser pour qu'il fît son portrait.

Simple prétexte, bien sûr. Il fit un ou deux croquis, au fusain, puis les déchira nerveusement. Il n'arrivait pas à « l'attraper », disait-il. Ce portrait ne lui suffirait pas.

Joan se rappela en avoir été subtilement flattée, ravie.

Pauvre garçon ! s'était-elle dit. *J'ai peur qu'il ne soit réellement fou de moi !*

Mais il lui avait fait passer un mois très agréable...

Pourtant, la fin fut plutôt déconcertante, absolument imprévisible. En fait, ce dénouement lui révéla que Michael Callaway — Callaway, mais oui, voilà le nom ! — était de ces êtres insatiables, qui ne savent pas se dominer.

Ils étaient partis se promener, elle s'en souvenait, dans les bois de Haling. Et ils suivaient le chemin qui, en bordure du Petit-Pré, descend en lacet des hauteurs d'Asheldown... De quelle voix rauque, timide, il l'avait suppliée d'accepter cette promenade !...

Elle s'était imaginé leur conversation. Il lui dirait peut-être qu'il l'aimait. Alors, elle se montrerait très douce, très bonne et compréhensive, en exprimant de vagues regrets. Elle avait anticipé plusieurs phrases charmantes, qu'elle pourrait prononcer et que Michael aimerait à se remémorer ensuite.

Mais ce ne fut pas ce qui se produisit.

Pas du tout !

Au contraire, sans préambule, Michael Callaway la colla contre lui et l'embrassa, avec une violence et une brutalité telles qu'elle crut en étouffer. Puis, s'éloignant d'elle, il s'écria d'une voix triomphante :

— Bon sang ! Ça fait du bien !

Là-dessus, il se mit à bourrer une pipe, d'un air tout à fait dégagé et apparemment sourd aux reproches véhéments qu'elle lui lança.

Il se contenta de dire, en s'étirant et en bâillant :

— Ah ! Ça va mieux, maintenant !

Exactement les paroles, pensa Joan, *d'un homme assoiffé qui vient de siffler un verre de bière*.

Ils reprirent le chemin du retour dans le plus grand silence — en ce qui concernait Joan, du moins, car Michael Callaway s'évertuait à chanter pour le plaisir de faire du bruit. Et en lisière du bois, juste au moment de reprendre la route nationale de Crayminster à Market Wopling, il s'arrêta, la toisa d'un air glacial et lui dit avec conviction :

— Savez-vous que vous êtes de ces femmes qu'on devrait violer ? Cela serait une bonne leçon.

Et comme elle restait interdite, muette de colère et de stupeur, il ajouta sur un ton de gouaillerie :

— Je m'en chargerais bien volontiers moi-même, pour voir si la leçon vous profite.

Puis il se lança sur la grand-route et, au lieu de chanter, se mit à siffloter avec entrain.

Évidemment, elle ne lui adressa plus la parole et, quelques jours plus tard, il quitta Crayminster.

Bizarre, ahurissant, déroutant épisode, dont elle ne s'était jamais souciée de ranimer le souvenir. Au fait, pourquoi lui revenait-il en mémoire ?

Horrible, toute cette histoire avait été horrible...

Il fallait immédiatement s'en libérer l'esprit. Elle ne devait pas évoquer ces scènes désagréables pendant sa cure de repos, sa cure de désert, sa cure de soleil. Tant d'autres souvenirs fourniraient d'agréables passe-temps !

Peut-être, d'ailleurs, était-il l'heure de déjeuner. Elle jeta un coup d'œil à sa montre : 1 heure moins le quart seulement.

Elle rentra tout de même au relais, alla dans sa chambre et défit sa valise, pour voir si elle avait d'autre papier à lettres. Non, sa provision se bornait là. Tant pis ! Elle s'en passerait. Elle était lasse d'écrire des lettres, ayant déjà raconté tout ce qu'il y avait à dire. On ne pouvait pas indéfiniment se répéter. Quels livres avait-elle emportés ? *Lady Catherine*, bien sûr. Et un roman policier que William lui avait acheté, au moment du départ. L'intention était gentille, mais Joan n'aimait pas beaucoup les romans policiers. Elle avait aussi *The Power House*, de Buchan, un livre très ancien, qu'elle avait lu des années auparavant.

N'importe ! Elle achèterait des nouveautés en gare d'Alep.

Le déjeuner se composait d'une omelette — plutôt sèche et trop cuite —, d'œufs au curry, de saumon — en conserve —, de haricots sautés et de pêches, également en conserve. Au total, repas plutôt pesant. En sortant de table, Joan alla s'étendre sur son lit. Elle dormit trois quarts d'heure, puis s'éveilla et lut *Lady Catherine Dysart* jusqu'à 5 heures.

Avec son thé, on lui servit du lait — en poudre — et des biscuits. Après quoi, elle alla faire une petite promenade, revint et termina la lecture de *Lady Catherine Dysart*. Puis elle dîna d'une omelette, de saumon au curry, avec une garniture de riz, d'un plat d'œufs, à nouveau de haricots sautés et d'une compote d'abricots en conserve. Après le dîner, elle lut son roman policier d'un bout à l'autre. Ensuite, il était l'heure de se coucher.

L'Hindou lui dit avec un large sourire :

— Bonne nuit, Memsahib ! Demain, train arrive à 8 h 30, mais repart seulement le soir à 20 h 30.

Joan enregistra d'un signe de tête. Cela représentait encore une journée entière à passer là. Heureusement elle avait *The Power House* à lire. Dommage que ce volume fût aussi court !

Une idée lui vint à l'esprit :

— Le train nous amènera des voyageurs ! dit-elle. Mais ils continueront sans doute tout de suite sur Mossoul ?

L'homme au turban fit un signe négatif.

— Crois pas demain. Pas de cars arrivés aujourd'hui. Crois piste à Mossoul très mauvaise. Piste coupée plusieurs jours.

Joan s'épanouit. Dès demain, le relais serait rempli de voyageurs. Ce serait charmant ! Elle était sûre d'en trouver quelques-uns dont la compagnie serait agréable.

Elle alla se coucher toute ragaillardie, beaucoup plus joyeuse qu'elle ne l'était dix minutes plus tôt.

L'atmosphère de cet endroit, pensa-t-elle, *est vraiment... Je pense que c'est à cause de cette horrible odeur de graisse rance. On se laisserait facilement déprimer*.

Le lendemain matin, elle s'éveilla à 8 h 30, se leva tout de suite et s'habilla, puis gagna la salle à manger. Une seule table était dressée ! Joan appela. L'homme au turban apparut, apparemment très en colère.

— Train pas arrivé, memsahib !

— Pas arrivé ? Mais simplement en retard ?

— Non ! Viendra pas ! Très grosse pluie derrière Nissibin. Ligne inondée. Train pas pouvoir passer trois, quatre, cinq, six jours peut-être.

Joan lui jeta un regard désespéré.

— Mais, alors, que vais-je devenir ?

— Vous rester ici, memsahib. Ici plein de nourriture, plein de bière, plein de thé. Vie facile. Vous attendre train venir.

Mon Dieu ! pensa Joan. *Ces Orientaux ! Le temps ne compte pas, pour eux.*

Elle demanda :

— Ne pourrais-je louer une voiture ?

Il parut interloqué.

— Une auto ? Où ? Piste à Mossoul très mauvaise. Tout arrêté derrière le gué.

— Ne pouvez-vous téléphoner ?

— Téléphoner ? Ligne turque. Turcs, gens très difficiles. Ne font rien. S'occupent du chemin de fer, c'est tout.

Joan réfléchit, en se rappelant le plaisir qu'elle s'était promis à l'avance.

C'est vraiment être coupé de la civilisation ! Pas de téléphone, pas de télégramme, pas d'auto !

L'Hindou la consola.

— Très beau temps. Beaucoup de nourriture. Tout très confortable ici.

Oui, pensa Joan, *il fait évidemment beau temps. C'est de la chance. Quelle horreur s'il avait fallu rester enfermée ici du matin au soir !*

Comme s'il l'avait devinée, l'homme au turban lui dit :

— Bon climat ici. Pluie très rare. Pluie plus près de Mossoul. Pluie sur ligne chemin de fer.

Joan s'assit devant son couvert et attendit qu'on lui apportât son petit déjeuner. L'instant de déception était passé. Elle n'allait pas en faire un monde, elle avait beaucoup trop de bon sens pour s'appesantir là-dessus. Il fallait prendre son parti de ce genre d'imprévu. Mais c'était une fâcheuse perte de temps.

Une pensée la fit presque sourire :

Je suis prise au mot ! J'ai fait un souhait en parlant avec Blanche : me voilà exaucée. J'ai dit à Blanche que j'aimerais disposer d'un moment de répit pour me détendre les nerfs. Eh bien ! Ça y est. Strictement plus rien à faire ici. Même plus un livre à lire. Vraiment il faut que j'en profite. Dans le désert, la cure de repos est complète !

Mais la pensée de Blanche s'associait à une autre qui la mit légèrement mal à l'aise, à un souvenir que, toute réflexion faite, elle préférait écarter. D'ailleurs, pourquoi penser à Blanche ?

Elle sortit tout de suite après le petit déjeuner. Une fois de plus, elle marcha jusqu'à une distance raisonnable du relais et s'assit sur le sol. Les yeux mi-clos, elle resta quelque temps immobile. C'était merveilleux, se dit-elle, de sentir cette paix, ce calme vous envahir ! Elle en éprouvait réellement le bienfait. L'air était sédatif, ce beau soleil la réchauffait et quelle paix intégrale !

Elle passa un moment encore sous cette impression délicieuse, puis consulta sa montre : il était 10 h 10.

La matinée passe vite, se dit-elle.

Écrirait-elle un mot à Barbara ? Vraiment, il était extraordinaire qu'elle n'eût pas pensé à écrire à Barbara, la veille, au lieu de rédiger ces lettres insipides à des amies d'Angleterre. Elle sortit son bloc de papier et son stylo.

Barbara chérie,

Je n'ai pas beaucoup de chance dans mon voyage. J'ai manqué le train, lundi soir, et je suis actuellement bloquée, probablement pour plusieurs jours. L'endroit est très tranquille, il fait un temps superbe, aussi suis-je très heureuse.

Elle s'arrêta. Quoi d'autre ? Demander des nouvelles du bébé ? De William ? Pourquoi, diable, Blanche lui avait-elle dit : « Ne te tracasse pas pour Barbara » ? Voilà, voilà pourquoi elle n'avait pas envie de penser à Blanche. Blanche avait tenu des propos tellement bizarres au sujet de Barbara !

La propre mère de Barbara ne savait-elle pas tout ce qui concernait sa fille ?

« Je suis sûre que tout ira bien, maintenant ! » avait dit Blanche. Cela donnait-il à entendre que tout n'avait pas toujours été parfaitement bien ?

Mais à quel point de vue ? Blanche avait insinué que Barbara s'était mariée trop jeune...

Joan eut un frisson d'inquiétude. Au moment du mariage, se rappelait-elle, Rodney avait exprimé un jugement analogue.

Tout à coup et d'une manière péremptoire, il a dit :

— Je ne suis pas satisfait de ce mariage, Joan.

— Oh ! Rodney ! pourquoi donc ? William est si gentil et ils paraissent si bien s'entendre !

— C'est un brave garçon, j'en conviens ; mais elle ne l'aime pas, Joan.

Joan a été ahurie, absolument ahurie.

— Rodney ! Voyons ! C'est ridicule ! Mais si, elle est amoureuse de lui. Sinon, pourquoi diable voudrait-elle l'épouser ?

Il a répondu, sur un ton assez ambigu :

— Voilà ce qui m'inquiète.

— Mais, chéri, voyons, vous plaisantez ?

Sans relever cette affectation d'insouciance, il a ajouté :

— Si elle ne l'aime pas, il ne faut pas qu'elle l'épouse. Elle est trop jeune pour commettre cette bêtise. Et elle a trop de tempérament !

— Allons, allons, Rodney, qu'entendez-vous aux questions de tempérament ?

Malgré elle, cette conversation l'amusait.

Mais Rodney n'a même pas souri.

— Les jeunes filles se marient quelquefois, a-t-il déclaré, uniquement pour partir de chez elles.

Là, elle a franchement éclaté de rire.

— Ce n'est pas le cas de Barbara ! Pas une jeune fille n'aura connu de plus heureuse vie de famille !

— En êtes-vous sûre, Joan ?

— Absolument ! Les enfants ont toujours eu tout ce qui leur plaisait, ici.

— Il ne semble pas qu'ils y aient beaucoup attiré leurs amis...

— Comment, chéri ? Je reçois très souvent et j'invite toujours la jeunesse ! J'y tiens beaucoup. C'est Barbara elle-même qui affirme qu'elle n'est pas mondaine et qui refuse de convier ses amies.

Rodney a dodeliné de la tête, d'un air perplexe et soupçonneux. Et, dans la soirée de ce même jour, comme elle entrait dans le bureau, elle a surpris Barbara disant avec impatience :

— C'est inutile, papa. Il faut que je parte. Je n'en peux plus ! Et ne me conseillez pas de prendre une situation au-dehors, car j'en aurais horreur.

— De quoi s'agit-il ? est intervenue Joan.

Après un silence, un très petit silence, Barbara a expliqué, d'un air mutin, les joues légèrement empourprées :

— C'est simplement père qui croit tout savoir. Il veut que je reste fiancée des années. Je lui dis que je n'en peux plus, que je veux épouser William et partir pour Bagdad. La vie doit être merveilleuse, là-bas !

— Oui, chérie, a répondu Joan. Mais je regrette que ce soit si loin ! J'aurais aimé te garder sous mon aile !

— Oh ! mère ! Je ne suis plus un enfant au berceau.

— Je sais, chérie. Mais tu ne te rends pas compte de ta jeunesse et de ton inexpérience. J'aurais pu t'être d'un très grand secours si tu t'étais fixée plus près d'ici.

Barbara a conclu en souriant :

— Eh bien ! Espérons que je saurai me débrouiller sans le bénéfice de votre expérience personnelle !

Et comme Rodney sortait lentement de la pièce, elle s'est précipitée derrière lui, subitement jetée à son cou et serrée contre lui en disant :

— Cher petit papa chéri ! Papa chéri, chéri, chéri...

Cette petite, a pensé Joan, devient bien exaltée ! Mais cela prouvait, en tout cas, combien l'opinion de

Rodney était erronée. Barbara avait hâte de partir pour l'Orient avec William et il était charmant de voir deux jeunes amoureux envisager l'avenir avec une telle confiance !

Mais quelle idée saugrenue ! Pourquoi penser à propos de Bagdad que Barbara était malheureuse chez ses parents ! C'est que Bagdad paraissait plein de commérages, de racontars, à tel point qu'on osait à peine citer un nom. Celui du major Reid, par exemple.

Joan ne connaissait pas le major Reid, mais Barbara a souvent fait allusion à lui dans ses lettres : le major Reid est venu dîner... ils chassaient avec le major Reid... Barbara allait passer les mois d'été dans les montagnes d'Arkandous, en compagnie d'une autre jeune femme avec laquelle elle a loué un bungalow et le major Reid est monté les voir... ils ont beaucoup joué au tennis... Barbara et lui ont gagné le championnat de double-mixte, au Club...

Aussi était-il tout naturel qu'arrivée à Bagdad, Joan s'enquît avec gaieté du major Reid. Elle en a tellement entendu parler, a-t-elle dit, qu'elle est réellement désireuse de le connaître.

L'embarras que sa question a provoqué était vraiment risible : Barbara a blêmi, William a rougi et, au bout de quelques minutes, il a grommelé, d'une voix tout à fait anormale :

— Nous ne voulons plus le voir.

Un *veto* si catégorique qu'elle n'a pas eu le moindre désir d'insister. Mais, ensuite, lorsque Barbara est allée se coucher, Joan a insisté, disant avec un sourire aimable qu'elle avait l'impression d'avoir commis un impair. Elle se figurait que le major Reid était un ami intime du ménage.

William s'est levé et a tapoté sa pipe contre la cheminée.

— Oh ! Dieu, non ! s'est-il exclamé. Nous avons un peu chassé ensemble, mais voilà longtemps que nous ne le voyons plus.

Cette repartie ne lui a pas donné le change. En son for intérieur, elle a souri. Que les hommes sont naïfs ! Cette réticence démodée de William l'a amusée. Il la considérait sans doute comme une femme guindée, pudibonde, une belle-mère de l'ancien temps !

— Je vois, a-t-elle dit. Il a fait scandale.

— À quoi pensez-vous ?

William s'est retourné, fort en colère.

— Mon cher enfant ! (Joan lui a souri.) Vous cachez très mal votre jeu. Je devine à demi-mot : vous avez découvert sur lui une chose qui vous déplaît et vous avez dû cesser de le fréquenter. Oh ! je ne vous demande rien. Ces histoires-là sont très pénibles, je le sais.

William a répété lentement :

— Oui, vous avez raison. C'est très pénible.

— On juge ses amis d'après soi-même, a ajouté Joan. Et, lorsqu'on s'aperçoit de sa méprise, on se trouve tout désemparé et malheureux.

— Il a quitté la région, c'est ce qu'il avait de mieux à faire. Il est parti pour l'Afrique-Orientale.

Et, subitement, Joan se rappela des bribes de conversation qu'elle avait entendues, certain jour, au Club d'Alwyah. Il était question du départ de Nobby Reid pour Uganda.

Une dame de l'assistance s'est exclamée :

— Pauvre Nobby ! Ce n'est pas sa faute si toutes les petites idiotes lui courent après.

Et une autre, d'âge plus mûr, a eu un petit rire ironique, avant d'ajouter :

— Elles lui ont valu bien des ennuis ! Les âmes candides, pures comme les fleurs sous la rosée et sans l'ombre d'une complication l'attirent toujours. Et j'avoue qu'il possède une merveilleuse technique ! C'est un séducteur irrésistible. Quand la petite dinde le croit passionnément amoureux d'elle, il s'apprête déjà à passer à la suivante.

— Il n'empêche, a repris la première, que toutes les femmes d'ici vont bien le regretter. Il était si divertissant !

L'autre s'est mise à rire.

— Mais je connais quelques maris qui ne seront pas fâchés de le voir partir ! Il faut reconnaître qu'il n'avait pas la cote auprès des hommes.

— Il a certainement allumé trop de passions ici : sa position est devenue intenable !

Alors, la deuxième a murmuré : « Chut ! » puis baissé la voix, de sorte que Joan n'a pas entendu la suite. Sur le moment, elle n'a pas attaché d'importance à ces propos, mais ils lui revenaient en mémoire et l'intriguaient.

Si William éludait la question, peut-être Barbara serait-elle plus confiante ? Mais, au contraire, Barbara a répondu clairement et sur un ton franchement désagréable :

— N'en parlons plus, mère. Voulez-vous ?

Barbara, pensa Joan, a toujours été renfermée. Elle s'est montrée incroyablement évasive et susceptible à propos de sa maladie et de la cause de celle-ci. Un empoisonnement quelconque et, tout naturellement, Joan a incriminé la nourriture. Le manque de fraîcheur des aliments dans un climat chaud provoque couramment des accidents de cette nature, elle le savait. Mais William et Barbara ont manifesté autant de répugnance l'un que l'autre à donner des détails — et le médecin lui-même, à qui elle a sans scrupules, en tant que mère, demandé quelques éclaircissements, s'est cantonné dans le mutisme. Il n'a fait qu'insister sur l'importance d'éviter à la jeune Mrs Wray toute allusion à cette maladie. Il fallait à tout prix se garder de la questionner et plutôt l'en distraire.

— Elle a grand besoin de soins et de repos. Toute explication sur ce sujet est à bannir et le fait d'en parler ne serait d'aucun profit pour la malade. C'est un conseil que je me permets de vous donner, Mrs Scudamore.

Joan l'a jugé non seulement peu aimable, mais sans cœur. N'aurait-il pas dû s'émouvoir du dévouement d'une mère, partie précipitamment de chez elle pour voler au secours de sa fille ?

Oh ! certes, Barbara lui en a été reconnaissante, en tout cas. Du moins, Joan le suppose... Elle a très gentiment remercié sa mère. William aussi a compris l'effort qu'elle avait fait.

Lorsque Joan a dit combien elle eût aimé prolonger son séjour, William a affirmé qu'il en serait ravi. C'est elle qui leur a demandé de ne pas insister, car la tentation était vraiment trop forte. Certes, elle eût aimé passer tout l'hiver à Bagdad, mais elle devait penser au père de Barbara. Prolonger son absence n'eût pas été honnête vis-à-vis de lui.

Là, Barbara a murmuré, d'une voix tendre : « Papa chéri ! » Et, après un petit silence, elle a dit :

— Mais, au fond, mère, pourquoi ne restez-vous pas davantage ?

— Pense un peu à ton père, chérie !

Barbara a répondu, d'une curieuse petite voix sèche, qu'elle pensait précisément à lui. Mais Joan a tranché : non, elle ne pouvait laisser ce pauvre cher Rodney aux soins des domestiques.

Néanmoins, peu avant le jour de son départ, elle est presque revenue sur sa décision. Tout compte fait, elle pourrait rester un mois de plus. Mais William a alors mis en avant, avec une telle chaleur, les incertitudes de la traversée du désert quand on l'effectuait trop tard en saison, qu'elle a pris peur et décidé de s'en tenir à son premier projet. Dès lors, William et Barbara se sont montrés tellement affectueux à son égard qu'elle a de nouveau failli remettre son départ — mais elle ne s'y est pas résolue.

Pourtant, si tardive qu'eût été l'époque de son voyage, rien ne pouvait le rendre pire qu'il ne l'était aujourd'hui !

Encore une fois, Joan consulta sa montre. Onze heures moins 5. Comment avait-elle pu remuer tant de souvenirs en si peu de temps ? Elle eut un léger regret de n'avoir pas emporté *The Power House* sous son bras. Mais non : mieux valait garder sa seule lecture en réserve.

Deux heures à tuer avant le déjeuner : elle avait demandé à être servie aujourd'hui à 1 heure. Peut-être devrait-elle faire encore un petit tour ? Mais il lui paraissait stupide de marcher pour marcher, d'aller sans but, puisqu'elle n'avait rigoureusement rien à faire. Et puis, le soleil tapait dur.

Mais elle avait si souvent souhaité un moment de répit pour se permettre de réfléchir ! C'était l'occasion ou jamais. Quels sujets pourrait-elle aborder à présent ?

Joan interrogea sa mémoire, sûre de n'y trouver que des thèmes anodins : se rappeler où elle avait rangé ceci ou cela, organiser les vacances des domestiques, décider le nouvel aménagement de la salle d'études qui avait perdu son utilité.

Ces diverses questions ne présentaient qu'un intérêt lointain et d'ailleurs minime. En novembre, il était trop tôt pour fixer les congés et il eût fallu connaître la date de la Pentecôte ; or elle n'avait pas de calendrier à disposition. Par contre, rien ne l'empêchait de prendre ses dispositions pour la salle d'études désaffectée. Choisirait-elle, pour la couleur des murs, un beige clair ? Et, pour les tentures, un tissu de teinte blé mûr, avec quelques coussins soyeux ? Oui, cela ferait un bel ensemble.

Onze heures 10. Ces questions d'ameublement et de décoration ne l'avaient pas occupée longtemps !

Joan pensa vaguement :

Si j'avais prévu cette semaine de vacances, j'aurais emporté un livre sérieux sur la science moderne et les découvertes, une étude capable de m'instruire, par exemple, sur la théorie de la désintégration de l'atome.

Alors, elle chercha par quelle association d'idées elle pensait à la théorie de la désintégration de l'atome :

Mais oui... les tentures... Mrs Sherston !

Et elle se remémora le premier jour où s'était posée la question épineuse : chintz ou cretonne, pour le salon ?

Elle est avec Mrs Sherston, la femme du banquier. En plein milieu de la conversation, Mrs Sherston s'est écriée, à brûle-pourpoint :

— Je voudrai être assez intelligente pour comprendre la théorie de la désintégration de l'atome. C'est fantastique, n'est-ce pas, de penser que l'énergie se divise en infimes molécules ?

Joan l'a dévisagée avec stupeur, incapable de saisir un rapport entre les théories scientifiques et les cretonnes, si bien que Mrs Sherston, rougissant un peu, a balbutié :

— Je suis stupide. On ne sait pas comment les idées viennent et celle-là est passionnante, vous ne trouvez pas ?

Joan ne trouvait pas cette idée spécialement passionnante et la conversation a dévié. Mais elle se souvient fort bien de l'étoffe choisie par Mrs Sherston : une étoffe de pur fil tissé à la main, avec un dessin de feuilles en différents tons de brun, de gris, de rouge. Joan a dit :

— C'est très original. Est-ce cher ?

Mrs Sherston a répondu par l'affirmative, en ajoutant qu'elle l'aimait parce que cela lui rappelait les forêts, les arbres et que le rêve de sa vie était de connaître des endroits comme la Birmanie, ou la Malaisie, où les plantes poussaient vite — vraiment vite, a-t-elle ajouté d'un air tourmenté, en faisant un geste presque brutal, qui révélait son impétuosité.

Ce tissu, Joan y pensait maintenant, devait coûter au moins dix-huit shillings six pence le yard. Une livre le mètre, prix scandaleux pour l'époque ! En estimant le train de vie que cela représentait, et les sommes que le capitaine Sherston était donc obligé d'allouer à sa femme pour tenir la maison, on pouvait voir là un symptôme de la catastrophe qui menaçait le ménage.

Personnellement, elle n'a jamais eu de sympathie pour Sherston. Elle se revit à la banque, étudiant les placements possibles, en face de cet homme assis à son bureau. C'était un grand et fort gaillard, mais à l'air futile, agaçant de bonhomie, d'une politesse exagérée. On pouvait lire sur son visage :

« Je suis un homme du monde, chère madame. Ne me prenez pas pour un appareil à sous ! Par goût, je passerais ma vie à jouer au tennis, au golf, au bridge — et à danser. Le vrai Sherston est celui que vous voyez dans les réunions mondaines, non l'homme d'affaires qui déclare : plus de crédit ! »

Une grande outre vide, pensa Joan avec indignation. Un être perfide, plein de duplicité. À cette époque déjà, il devait avoir commencé à falsifier ses livres de comptes — elle ignorait exactement de quelle escroquerie il s'était rendu coupable. Et pourtant, il plaisait beaucoup. On le disait de rapport agréable, très différent du modèle habituel des banquiers.

Voilà qui était bien exact ! Les banquiers habituels ne détournent pas les fonds qui leur sont confiés.

Eh bien ! Envers et contre tout, Leslie Sherston avait obtenu ses rideaux tissés à la main. Et personne ne supposa que les malversations de Sherston venaient des goûts dispendieux de sa femme. À première vue, Leslie Sherston ne semblait pas dépensière. Elle portait invariablement de vieux tailleurs de tweed verdâtre, aimait à jardiner et paraissait heureuse d'arpenter la campagne à grands pas. Les frais de toilette de ses enfants ne l'entraînaient pas davantage à de folles dépenses. Et Joan se souvenait d'un jour où Leslie l'avait invitée pour le thé. La maîtresse de maison elle-même avait apporté au salon une miche de pain, une motte de beurre, de la confiture de ménage, une théière et des tasses de cuisine, le tout flanqué à la va-vite sur un plateau ! Cette femme sans apprêts, sans souci, toujours joviale, marchait de travers, souriait de biais... Pourtant, son sourire disgracieux avait un certain charme et, à tout prendre, elle était sympathique.

Oui, pauvre Mrs Sherston ! Elle avait eu une vie triste, *une vie bien triste*.

Joan tressaillit, en proie à l'anxiété. Comment ces mots lui étaient-ils venus à l'esprit ? Ils lui rappelaient Blanche Haggard — bien que la tristesse du sort de celle-ci eût été d'un genre bien différent ! Et penser à Blanche la ramenait à Barbara et à sa mystérieuse maladie. Ne pouvait-on songer à quoi que ce fût, ici, sans que, malgré soi, le cours des pensées prît une direction douloureuse ?

Elle consulta de nouveau sa montre. Quoi qu'il en soit, les rideaux tissés à la main et les malheurs de Mrs Sherston lui avaient fait passer près d'une demi-heure. Vers quoi pourrait-elle orienter ses pensées, maintenant ? Il lui fallait un sujet agréable, dépourvu d'à-côtés pénibles.

Rodney était sans doute le moyen de réflexion le plus sûr pour l'occuper sans l'assombrir. Cher Rodney ! Joan s'abandonna joyeusement au souvenir de son mari et elle en évoqua la silhouette, dernière vision sur le quai de Victoria Station, au moment où il lui souhaitait bon voyage, juste avant le départ du train.

Oui, cher Rodney ! Elle le revoyait, immobile, le regard fixé sur elle, le visage au grand jour, sous le soleil qui révélait impitoyablement les rides autour des yeux. Quels yeux fatigués ! Oui, vraiment fatigués — et empreints d'une profonde tristesse.

Mais Rodney n'est pas particulièrement triste. Ses traits de physionomie lui donnent cet air-là. Les animaux ont parfois les yeux tristes et cela ne signifie rien.

Et puis, il avait l'habitude de porter des lunettes et, derrière elles, on ne voyait pas la tristesse de ses yeux. Mais il avait indubitablement l'air très fatigué. Rien d'étonnant pour un homme accablé de travail. En réalité, il ne prenait jamais un jour de repos.

Je changerai cela dès mon retour, pensa Joan. *Il lui faut plus de loisir, plus de détente. J'aurais dû y penser plus tôt.*

Oui, elle avait trouvé que, vu en pleine lumière, il portait son âge, ou même plus. Elle baissait les yeux sur lui, il levait les siens vers elle et ils avaient échangé les dernières formules rituelles, stupides.

— Je pense que vous n'aurez pas de visite de douane, à Calais.

— Non, je crois qu'on passe directement dans le Simplon Express.

— Faites bien attention à prendre la voiture pour Brindisi. J'espère que la Méditerranée sera calme !

— Je me serais volontiers arrêtée un jour ou deux au Caire.

— Pourquoi pas ?

— Chéri, il faut que j'arrive le plus tôt possible auprès de Barbara. Il n'y a qu'un départ par semaine !

— C'est vrai. Je l'avais oublié.

Le train a démarré brusquement, faisant reculer Joan, et Rodney l'a saluée de la main avant de s'éloigner. Lorsqu'elle s'est penchée à nouveau, il s'apprêtait à sortir de la gare.

Elle a éprouvé une émotion subite à voir ce dos, qui lui était pourtant bien familier ! Comme Rodney a rajeuni, tout à coup ! Il a la tête redressée, les épaules affermies... Cette vision lui a donné un choc.

L'homme qui fendait la foule était jeune, insouciant...

Il était redevenu tel qu'au jour où elle avait fait sa connaissance, tel qu'au jour où il lui avait été présenté pour un match de tennis.

La partie s'est engagée tout de suite. Il lui a demandé :

— Voulez-vous que je me mette au filet ?

En l'observant marcher devant elle pour prendre sa place au filet, elle a été frappée par son allure. Combien, de dos, il était beau à voir ! Elle n'a pas oublié cette démarche souple et vigoureuse, ce port de tête, ce cou.

Sans raison, elle est devenue nerveuse, commettant coup sur coup deux doubles fautes de service ; la chaleur l'accablait ; elle se décourageait. Alors Rodney a tourné la tête et, d'un sourire, l'a réconfortée — un de ces sourires bons et honnêtes qui faisaient son charme. Séduite par ce sourire, elle a trouvé Rodney irrésistible. Elle en est tombée amoureuse sur-le-champ.

En le regardant s'éloigner jusqu'à ce que sa silhouette se perdît dans la foule, elle a cru retrouver le joueur de tennis de ce jour d'été pourtant lointain. Rodney lui semblait allégé du poids de plusieurs années, redevenu un homme jeune, radieux, rassurant.

Allégé du poids de plusieurs années... ?

Joan eut un petit frisson, inexplicable sous le brûlant soleil du désert.

Non, non ! pensa-t-elle. *Je ne veux pas m'appesantir là-dessus... Pensons à autre chose !*

Rodney marchant à pas vifs sur le quai, la tête haute, sans ce poids de fatigue qui lui affaissait les épaules, était un homme débarrassé d'un intolérable fardeau...

Voyons, qu'est-ce qui me prend ? se dit Joan.

Elle se forgeait des idées fausses, se laissait emporter par une imagination mensongère. Au moment de son départ de Londres, ses yeux l'avaient abusée.

Mais pourquoi n'avait-il pas attendu le départ du train ?

Allons, pourquoi aurait-il attendu ? Il avait hâte de régler les affaires qui l'appelaient à Londres. Et puis, bien des gens n'aiment pas voir partir le train qui emporte un être cher.

Vraiment, quelle sottise ! Évoquer avec un tel acharnement le dos de Rodney sur ce quai de gare !

Elle était la proie de son imagination.

Mais cette constatation ne lui fut d'aucun secours. Quand l'imagination représente une idée, c'est justement parce que cette idée-là vous hante !

Et elle ne pouvait pas être vraie. La déduction que Joan avait faite n'était réellement pas soutenable !

Elle se disait — n'est-ce pas ? était-ce bien cela ? — que Rodney était heureux de la voir partir...

Et ce n'était certainement pas vrai ! Cela ne pouvait pas être vrai !

4

Joan arriva en sueur au relais. Inconsciemment, elle avait pressé le pas, comme pour fuir cette idée littéralement odieuse.

L'Hindou la dévisagea d'un œil étonné et lui dit :

— Memsahib a marché très vite. Pourquoi marcher si vite ? Pas besoin de se presser ! Rien à faire ici !

Je ne le sais que trop ! pensa Joan. *Oui, vraiment rien à faire !*

L'Hindou, le relais, les poulets étiques, les barbelés, le tas de boîtes de conserve vides éprouvaient ses nerfs, décidément.

Elle se réfugia dans sa chambre et prit *The Power House*.

Au moins, se dit-elle, *ici je suis à l'abri de cette chaleur, de cette lumière.*

Elle s'installa et se mit à lire ; à l'heure du déjeuner, elle était arrivée au milieu du volume.

On lui servit une omelette entourée de haricots, puis du saumon au riz et des abricots en conserve. Elle n'y toucha que du bout des lèvres, réintégra sa chambre aussitôt après le déjeuner et s'allongea sur son lit.

Si elle avait une insolation pour avoir marché trop vite en pleine chaleur, une petite sieste lui serait salutaire.

Elle ferma les yeux, mais ne put trouver le sommeil.

Elle se sentait singulièrement éveillée et trop portée à réfléchir.

Alors elle se leva, avala trois comprimés d'aspirine et se recoucha.

Mais elle ne pouvait pas fermer les yeux sans voir la silhouette de Rodney s'éloignant d'elle, sur le quai de Victoria Station. Une vision insupportable ! Elle releva le store pour laisser filtrer un peu de lumière et reprit *The Power House*. À quelques pages de la fin, elle s'endormit.

Elle rêva qu'elle s'engageait dans un tournoi de tennis avec Rodney. Ils avaient quelques difficultés à trouver les balles, puis ils se dirigeaient vers le terrain. Elle commençait à servir, lorsqu'elle s'aperçut qu'elle jouait contre Rodney et la fille Randolph. Son service ne consista qu'en une série de doubles fautes.

Rodney va venir à mon secours, se dit-elle.

Mais elle le chercha vainement du regard : il avait disparu. Les autres aussi étaient partis et la nuit tombait.

Je suis seule, pensa Joan. *Je suis abandonnée !*

Elle se réveilla en sursaut.

— Je suis abandonnée ! dit-elle à haute voix.

Encore sous le coup de son rêve, elle ne pouvait se défaire d'une impression désagréable. Les mots qu'elle avait proférés lui firent peur.

Presque malgré elle, elle répéta :

— Je suis abandonnée !

L'Hindou vint entrouvrir la porte et avança la tête.

— Memsahib appelle ?

— Oui, dit-elle. Apportez-moi du thé.

— Memsahib vouloir thé ? Avant 3 heures ?

— Tant pis. Je veux du thé.

Elle l'entendit s'éloigner et crier :

— *Chai* ! *Chai* !

Se levant d'un bond, elle se campa devant la glace copieusement maculée par les mouches. La vue de sa figure, tranquille, normale, l'apaisa.

Je me demande, se dit-elle en s'adressant à son reflet, *si je ne suis pas en train de tomber malade. Je deviens bizarre.*

Peut-être souffrait-elle réellement d'une insolation.

Quand on lui apporta son thé, elle avait retrouvé sa pondération habituelle. Vraiment, cette aventure était cocasse ! Elle, Joan Scudamore, entraînée par ses nerfs ! Mais ce n'était certainement pas à eux qu'elle devait s'en prendre. Le soleil lui avait sans doute joué ce mauvais tour, et elle se garderait de sortir avant le crépuscule.

Elle grignota quelques biscuits et but deux tasses de thé. Puis elle termina *The Power House*. Quand elle ferma le roman, elle avait recouvré un calme définitif.

Maintenant, je n'ai plus rien à lire, pensa-t-elle.

Plus de papier à lettres, pas un ouvrage de couture ! Rien à faire — sauf attendre un train problématique, qui pouvait se faire désirer plusieurs jours...

Lorsque l'Hindou revint pour enlever le plateau, elle lui demanda :

— Que faites-vous ici ?

Il parut interloqué par cette question.

— Moi servir voyageurs, memsahib !

— Je sais ! (Elle maîtrisa son impatience.) Mais cela ne vous occupe pas tout le temps.

— Moi servir petit déjeuner, déjeuner, thé...

— Non, ce n'est pas ce que je veux dire. Vous avez des aides ?

— Petit Arabe, idiot, très paresseux, très sale. Moi surveiller tout moi-même. Petit Arabe bon à rien. Lui apporter eau propre, emporter eau sale, aider à la cuisine, c'est tout.

— Vous êtes donc trois, ici : vous, le cuisinier, le petit Arabe. Vous devez avoir beaucoup de temps libre, en dehors du travail. Vous pouvez lire.

— Quoi ? Lire ?

— Oui, des livres.

— Non. Jamais.

— Que faites-vous donc, quand vous avez fini votre travail ?

— Moi attendre l'heure qui m'en apportera d'autre.

Rien à faire, pensa Joan. *Aucune conversation possible avec ces gens-là. Ils ne nous comprennent pas. Cet homme passe son existence ici..., traîne sa vie jour par jour. De temps en temps, je suppose qu'il s'offre un congé, part pour la ville, s'enivre et fréquente ses semblables. Mais pendant des semaines, il reste là. Évidemment, il est en compagnie du cuisinier et du petit Arabe. Mais celui-là, quand il a fini sa besogne, il se couche au soleil et s'endort. La vie se borne là, pour lui — ils ne peuvent m'être d'aucun secours, ni les uns ni les autres. Tout ce que cet homme sait dire se rapporte à ce qui se mange, à ce qui se boit, au temps qu'il fait !*

L'Hindou prit le plateau et sortit. Joan arpenta nerveusement sa chambre.

Il faut que je réagisse, que je fasse une sorte de programme, que je trouve une façon de... penser, livrée comme je le suis à moi-même — que j'évite à tout prix de me laisser... disons-le : détraquer.

La vérité l'obligeait à reconnaître qu'elle avait toujours mené une vie remplie de mille questions diverses. Une vie de femme civilisée. Il était normal qu'une telle femme, brusquement transplantée dans une vie tellement oisive et inutile, se trouve un peu désemparée. Et, plus elle est active et instruite, plus cette stérilité de vie lui semble difficile.

Certes, il existe des êtres qui, même chez eux, passent des heures sans rien faire. Ils s'accommoderaient avec joie, présuma Joan, d'un désœuvrement comme le sien.

Mrs Sherston elle-même — bien qu'en règle générale elle fût active et énergique pour deux — était femme à laisser le temps passer pendant des heures, sans but, sans occupation. Ses promenades le prouvaient : elle partait d'une allure décidée puis, tout à coup, se laissait choir sur une souche d'arbre, ou dans un champ de bruyères et elle y restait affalée, le regard perdu dans l'espace.

Comme ce jour où Joan l'avait prise pour la fille Randolph.

Une légère rougeur lui monta aux joues, au souvenir de la manière dont elle s'était comportée. Ce procédé s'apparentait à une sorte d'espionnage, exactement le genre de chose qu'elle réprouvait et qui, d'ailleurs, s'accordait on ne peut plus mal avec son caractère.

Pourtant, avec une créature comme Myrna Randolph... une fille qui paraissait dépourvue du moindre sens moral...

Que s'était-il donc exactement passé ? Joan rassembla ses souvenirs.

Elle venait de porter quelques fleurs à la vieille Mrs Garnett et sortait du cottage lorsqu'elle avait entendu la voix de Rodney, sur la route, par-dessus la haie, la voix de Rodney mêlée à celle d'une femme.

Saluant rapidement Mrs Garnett, elle avait pris la même direction, sûre de croiser Rodney et la fille Randolph en train de se dandiner au tournant du chemin qui montait vers Asheldown.

Non, elle n'était pas très fière de ce qu'elle avait décidé. Mais il lui fallait saisir l'occasion de savoir à quoi s'en tenir. Rodney n'était nullement coupable, mais tout le monde savait que Myrna Randolph ne valait pas cher.

Joan avait donc pris le chemin forestier qui traverse Haling Wood pour déboucher sur une éminence au-dessus d'Asheldown et, arrivant au sommet, avait tout de suite découvert les silhouettes de deux personnes tranquillement assises et regardant le paysage pâlement ensoleillé, à leurs pieds.

Quel soulagement lorsqu'elle avait constaté que ce n'était pas Myrna Randolph, mais Mrs Sherston ! Et ils n'étaient pas même assis très près l'un de l'autre : quatre pas au moins les séparaient, distance franchement ridicule et à peine amicale. Mais il est vrai que Leslie Sherston n'avait rien d'une personne amicale. Du moins n'était-elle pas démonstrative. On ne pouvait certainement pas la considérer comme une sirène : cette seule idée était bouffonne ! Non, elle rentrait d'une de ses promenades, Rodney l'avait rencontrée par hasard et, avec sa courtoisie habituelle, l'avait accompagnée.

Puis, arrivés au sommet d'Asheldown, ils se reposaient un instant et admiraient le paysage, avant de réintégrer leurs domiciles.

Bizarre, tout de même, cette petite halte à deux, sans que ni l'un ni l'autre fît un geste, ou proférât un mot ! Ce n'était même pas gentil, pensa-t-elle. Oh ! il est probable qu'ils suivaient leurs pensées, chacun pour soi, s'estimant peut-être suffisamment en confiance pour éviter les frais de conversation, s'ils n'avaient rien de pressant à dire.

D'autant plus qu'à cette époque, les Scudamore fréquentaient assidûment Leslie Sherston. Le coup de théâtre des malversations de Sherston avait fait scandale à Crayminster et le banquier purgeait une peine de prison. Rodney, à titre d'avoué, l'avait défendu au tribunal et s'était également occupé des intérêts de Leslie. Il s'était beaucoup apitoyé sur cette femme, désormais seule et sans ressources avec deux jeunes enfants. La ville entière était bien disposée envers Mrs Sherston et, si on ne l'avait pas entourée davantage, c'était entièrement la faute de cette singulière créature. Son attitude résolument enjouée avait même scandalisé certaines personnes.

— Elle doit être plutôt de l'espèce des gens insensibles, avait dit Joan à Rodney.

Il avait répliqué brusquement que Leslie Sherston témoignait d'un courage comme il en connaissait peu.

— Oui, certes, du courage, avait dit Joan. Mais le courage, ce n'est pas tout !

— Ah ! Vraiment ? avait répliqué Rodney d'un ton bizarre, avant de sortir du bureau.

Le courage, nul ne pouvait évidemment le dénier à Leslie Sherston. Aux prises avec l'obligation de gagner sa vie, seule avec deux enfants et sans y être préparée, elle s'en était parfaitement tirée.

Nantie d'une petite rente que lui faisait une tante et installée très à l'étroit avec ses deux fils, elle s'était embauchée comme apprentie chez un horticulteur, de façon à apprendre toutes les branches du métier. Lorsque Sherston était sorti de prison, il l'avait donc retrouvée dans un tout autre rang social, s'adonnant à la culture des fruits et des légumes avec l'aide des enfants. Il n'avait pas rechigné à conduire un camion de livraison, si bien qu'ils avaient fini par retrouver une certaine aisance. Il était indéniable que Mrs Sherston s'était conduite en spartiate. Une attitude particulièrement méritoire, car elle devait, à cette époque déjà, souffrir de la douloureuse maladie qui l'avait emportée.

Oui, mais elle était amoureuse de son mari, pensa Joan.

Sherston jouissait de la réputation d'un bel homme, d'un séducteur. À sa sortie de prison, pourtant, il avait bien changé ! Joan l'avait à peine aperçu, mais elle avait été impressionnée de le voir si maigre, les yeux battus... Cependant, il n'avait rien perdu de sa fierté ; il essayait encore de bluffer, de parader. C'était une ruine ! Mais Leslie lui gardait son amour et l'avait entouré de gentillesses — et, pour cela, Joan la respectait.

Sur un autre chapitre, celui des enfants, elle lui trouvait d'énormes torts.

La vieille tante, venue à la rescousse lors de l'arrestation de Sherston, leur avait fait une autre proposition à sa sortie de prison.

Elle offrait d'adopter le benjamin, tandis qu'un oncle, qu'elle avait déjà pressenti, paierait les frais de collège pour l'aîné. Elle les recueillerait tous deux pendant les vacances, et l'oncle et la tante assureraient l'avenir des deux garçons. L'oncle s'engageait même, par acte notarié, à leur donner son nom.

Leslie Sherston avait catégoriquement repoussé cette offre et Joan lui reprochait son égoïsme. Elle refusait ainsi à ses deux fils une vie très supérieure à celle qu'ils pourraient avoir sous la coupe de leur mère, une vie exempte de toute difficulté.

Quel que soit l'amour maternel, Joan pensait — et Rodney lui avait donné raison — qu'elle devait considérer le sort de ses fils avant son agrément personnel.

Mais Leslie s'était montrée inflexible ; Rodney lui-même avait renoncé à lui faire entendre raison. D'après lui, avait-il murmuré d'une voix lasse, Leslie Sherston savait mieux que personne où se trouvait son devoir. Elle était indiscutablement, pensa Joan, une femme têtue.

Nerveusement, Joan continua d'arpenter sa petite chambre en évoquant de nouveau Leslie Sherston assise à côté de Rodney, sur les hauteurs d'Asheldown Ridge.

Penchée en avant, le menton dans ses mains, elle était d'une immobilité singulière, le regard perdu sur le panorama de la campagne, sur les labours du Petit-

Pré et, au-delà, sur le versant de Little Havering Wood, où des chênes et des bouleaux se teintaient d'un joli rouge doré. Leslie et Rodney au repos — si calmes, sans un mouvement — regardaient droit devant eux...

Pourquoi ne pas être allée à leur rencontre ? Joan l'ignorait encore aujourd'hui. Peut-être la honte d'avoir soupçonné Rodney et Myrna Randolph l'avait-elle retenue.

Quoi qu'il en soit, elle les avait évités. Elle s'était faufilée presque clandestinement derrière le rideau d'arbres et était rapidement rentrée chez elle. Cet incident, elle ne s'était jamais souciée de l'évoquer, se gardant bien d'en parler à Rodney. Il aurait pu croire qu'elle nourrissait des arrière-pensées à propos de lui et de Myrna Randolph.

L'image de Rodney s'éloignant sur le quai de Victoria Station lui revint en mémoire...

Oh ! voyons, elle n'allait pas ressasser cette sottise ! D'où pouvait bien lui venir cette idée saugrenue ? Pourquoi soupçonner que Rodney — qui lui était et lui avait toujours été d'une tendre fidélité — se réjouissait de la voir partir ?

Quels soupçons peut éveiller la silhouette d'un homme en marche et vu de dos ? Il lui fallait purement et simplement bannir de son esprit cette fantasmagorie stupide.

Si c'était pour en venir à des inventions aussi bizarres et déplaisantes, elle éviterait désormais de penser à Rodney. Jusqu'alors, elle n'avait jamais été la proie d'une imagination déréglée.

C'était certainement à mettre sur le compte du soleil.

5

L'après-midi, la soirée ne s'écoulèrent qu'avec une lenteur désespérante.

Joan crut préférable de ne pas sortir avant que le soleil ne fût bas sur l'horizon. Force lui fut donc de rester à l'intérieur du relais.

Mais au bout d'une demi-heure, elle trouva cette situation intolérable : elle ne pouvait se résoudre à rester figée sur une chaise, sans s'occuper. Alors, elle retourna dans sa chambre, avec le dessein de vider ses valises pour les remplir d'une autre façon. Ses vêtements n'étaient pas soigneusement pliés, se dit-elle. Y mettre de l'ordre lui prendrait un bon moment.

Elle fit ses rangements avec une compétence méthodique. Lorsqu'elle eut fini, il était 5 heures. Elle pouvait sûrement sortir sans danger. Rester confinée dans ces murs devenait trop déprimant. Que n'avait-elle un livre à lire !

Ou même, pensa-t-elle, au pis-aller un puzzle interminable !

Elle sortit, mais contempla avec dégoût le tas de boîtes de conserve, les poules étiques, les barbelés. L'endroit était vraiment horrible ! Absolument affreux !

Pour varier sa promenade, elle longea la voie ferrée et la frontière turque. Cette diversion lui donnait une agréable illusion de nouveauté. Mais, au bout d'un quart d'heure, le paysage redevint monotone. Les rails sur sa droite, à environ deux cents mètres, ne lui tenaient nullement lieu de compagnie.

Rien d'autre que le silence — le silence et cette immense nappe de soleil.

Joan s'avisa tout à coup de la distraction qu'elle trouverait à se réciter des vers. En classe, elle passait pour avoir un talent spécial pour la récitation. Il serait intéressant de savoir ce dont elle se souviendrait depuis ce temps lointain. Autrefois, elle connaissait un grand nombre de vers par cœur.

La clémence ne dépend pas d'une loi d'effort ;
Elle tombe doucement du Ciel, comme la pluie[1].

Et la suite ? C'était stupide, elle n'arrivait pas à la retrouver.

Ne crains pas davantage la chaleur du soleil[2].

C'était réconfortant, en tout cas ! Mais comment cela continuait-il ?

---

1. *The quality of mercy is not strained ;*
It droppeth as the gentle rain from Heaven.
2. *Fear no more the heat of the sun...*

Ni les tempêtes furieuses de l'hiver.
Toi qui as fait ton devoir en ce monde,
Tu perdras ton foyer, on prendra ton salaire.
Garçons radieux et jolies filles doivent, tous,
Comme les ramoneurs des cheminées, en venir à la cendre[1].

Non, ce n'était pas très encourageant, finalement. Pourrait-elle se rappeler les sonnets de Shakespeare ? Elle les connaissait par cœur, *The mariage of true minds* — Le mariage des âmes sœurs — entre autres, et celui que Rodney l'avait priée de lui réciter.

Curieux, le ton sur lequel il avait dit, à brûle-pourpoint, un soir :

— *Et ton éternel été ne se flétrira pas*[2]... C'est de Shakespeare, n'est-ce pas ?

— Oui, extrait d'un sonnet.

Il avait demandé des précisions.

— *Pour les âmes sœurs je souhaite le mariage*[3]. Est-ce celui-là ?

— Non. De celui qui commence ainsi : *Te comparerai-je à un jour d'été*[4] *?*

Alors, elle lui avait récité le sonnet d'un bout à l'autre, d'une manière réellement impeccable, avec l'expression adéquate et en y mettant le sentiment

---

1. *Nor the furious winter's rages.*
Thou thy wordly task has done,
Home art gone and ta'en thy wages.
Golden lads and girls all must,
As chimney sweepers, come to dust.
2. *And thy eternal summer shall not fade.*
3. *Let me not unto the marriage of true minds admit impediments.*
4. *Shall I compare thee to a summer's day ?*

approprié. À la fin, au lieu de l'applaudir, il avait répété, d'un air pensif :

— *Sur les bourgeons de mai soufflent les durs autans*[1].

» Oui, seulement, n'est-ce pas ? nous sommes en octobre.

Cette réflexion était tellement bizarre que Joan avait regardé Rodney en écarquillant les yeux. Là-dessus, il avait ajouté :

— Connaissez-vous celui qui a pour sujet l'union des âmes sœurs ?

— Oui.

Elle avait réfléchi une minute, puis s'était lancée.

Pour les âmes sœurs je souhaite le mariage.
Ce n'est pas un amour, l'amour qui s'est enfui
Dès qu'il s'est aperçu qu'on fuyait devant lui,
Ou qui, d'un changement, prend brusquement ombrage.
Non ! L'Amour est un phare à l'abri de l'orage,
Donnant à qui l'implore un secourable appui ;
C'est l'étoile que guette, aussitôt qu'elle a lui,
Le pauvre esquif errant menacé du naufrage.
Le Temps qui sait faucher les lèvres de vermeil
Ne peut contre l'Amour rien tenter de pareil
L'Amour est au-dessus des heures éphémères.
Toujours il gardera son charme accoutumé.
S'il est vrai que je sois leurré par des chimères,

1. *Rough winds do shake the darling buds of May.*

Je n'ai jamais écrit — nul n'a jamais aimé[1].

Elle avait terminé en mettant dans les derniers vers une émotion profonde, une ferveur dramatique.

— Trouvez-vous que je sache déclamer Shakespeare ? avait-elle demandé. En classe, je passais pour y exceller. Il paraît que je disais les vers avec beaucoup de sensibilité.

Mais Rodney s'était contenté de répondre d'un air distrait :

— Ces vers-là n'ont pas besoin de la sensibilité du récitant : celle du texte suffit.

En soupirant, elle avait murmuré :

— Shakespeare était un merveilleux poète, n'est-ce pas ?

À quoi Rodney avait répliqué :

— Ce qui est merveilleux, surtout, c'est qu'il n'était qu'un pauvre bougre comme les autres.

— Quelle drôle d'idée, Rodney !

Alors il lui avait souri, de l'air de se réveiller, en lui disant :

— Vraiment ?

---

1. *Let me not unto the marriage of true minds*
Admit impediments. Love is not love
Which alters where it alteration finds,
Or bends with remover to remove :
Oh no, it is an ever-fixed mark
That looks on tempests and is never shaken,
It is the star to every wandering bark
Whose worth's unknown, although his height be taken.
Love's not Time's fool, though rosy lips and cheeks
Within his bending sickle's compass come ;
Love alters not with his brief hours and weeks,
But bears it out even to the edge of doom.
If this be error, and upon me prov'd,
I never writ, nor no man ever lov'd.

Puis il s'était levé et avait arpenté la pièce en murmurant :

— *Sur les bourgeons de mai soufflent les durs autans*
Et le bail de l'été est de durée trop courte[1].

Pourquoi diable, se demandait-elle, *avait-il ajouté : « Mais nous sommes en octobre » ?*

Quelle avait pu être son arrière-pensée ?

Elle se souvenait de ce mois d'octobre, particulièrement beau et tempéré.

Et à y penser maintenant, elle s'avisa d'une curieuse coïncidence. Rodney lui avait parlé des sonnets de Shakespeare le soir du jour où elle l'avait aperçu en compagnie de Mrs Sherston, au sommet d'Asheldown. Peut-être Leslie avait-elle fait une citation de Shakespeare ; mais c'était peu probable. Joan réfléchit. Leslie Sherston n'était pas du tout cultivée.

Oui, le mois d'octobre, cette année-là, avait été magnifique.

Elle se souvenait fort bien de Rodney désignant, quelques jours plus tard, un rhododendron planté dans un massif et lui demandant d'une voix trouble :

— Cette floraison n'est-elle pas anormale, à cette époque ?

Le rhododendron était d'espèce hâtive et fleurissait normalement en mars, ou fin février. Or il portait des fleurs rouge sang et était tout couvert de bourgeons.

---

1. *Rough winds do shake the darling buds of May,*
And summer's lease hath all too short a date.

— En effet, lui avait-elle répondu. C'est une floraison de printemps, mais qui se renouvelle quelquefois en automne, si la saison est particulièrement douce et chaude.

Il avait effleuré délicatement, du bout des doigts, un des bourgeons, puis avait murmuré à mi-voix :

— *Sur les bourgeons de mai...*

— De mars, avait-elle rectifié. Pas de mai.

— *On dirait des gouttes de sang... d'un cœur qui saigne.*

Elle était étonnée de voir Rodney montrer tant d'intérêt pour les fleurs.

Il s'était même pris d'amitié pour ce rhododendron. Quelques années plus tôt, il en avait porté une fleur à sa boutonnière, naturellement beaucoup trop lourde et qui avait fini par tomber, comme Joan l'avait prévu.

Si bizarre que cela parût, cette scène avait eu pour décor le cimetière. Passant derrière l'église, Joan y avait aperçu Rodney ; elle l'avait rejoint, lui faisant remarquer :

— Quel drôle d'endroit pour vous promener, Rodney !

Il avait ri, avant de répondre :

— Je médite sur mes fins dernières et je choisis ma tombe. Je n'aurai pas de guirlandes en granit, je suppose. Ce serait trop de fantaisie pour moi — et je ne mérite pas non plus d'ange de marbre.

Ils s'étaient retrouvés devant une sépulture toute neuve : celle de Leslie Sherston.

Voyant que Joan regardait l'inscription, Rodney avait lentement épelé :

— Leslie Adélie Sherston, épouse tendrement aimée de Charles Edward Sherston, endormie dans la paix du Seigneur le 11 mai 1930. *Et Dieu séchera leurs larmes.*

Au bout d'un moment de silence, il avait ajouté :

— Cette froide dalle de marbre sur Leslie Sherston, quelle monstrueuse idiotie ! Et il faut que Sherston soit le dernier des imbéciles pour avoir choisi ce verset de l'Écriture. Je ne crois pas que Leslie, un seul jour de sa vie, ait pleuré.

Bien qu'elle fût très émue et qu'elle eût l'impression de risquer une plaisanterie un peu blasphématoire, Joan avait demandé :

— Alors, que choisiriez-vous ?

— Pour elle ? Je ne sais pas. Mais j'aurais cherché dans les psaumes un verset mieux approprié. *En Ta présence est la plénitude de la joie*, par exemple.

— Mais je voulais dire : pour vous ?

— Oh ! pour moi ? (Il avait réfléchi quelques instants et fait un demi-sourire.) *Le Seigneur est mon pasteur. Il me conduit dans les verts pâturages*, voilà qui me conviendrait assez bien.

— J'ai toujours trouvé que ce verset donnait une idée bien prosaïque du paradis.

— Comment imaginez-vous le paradis, Joan ?

— Eh bien !... sans toutes les portes d'or et autres balivernes dont on parle, évidemment. Je me le figure comme un état de l'âme, qui permettrait à chacun de déployer son zèle, dans des conditions merveilleuses, pour rendre ce bas monde plus beau, peut-être, ou plus heureux. Secourir les vivants, voilà mon idée de notre rôle au paradis.

— Quelle terrible petite présomptueuse vous êtes, Joan ! avait-il dit sur un ton malicieux et en riant pour adoucir l'ironie de ses paroles. (Puis il avait ajouté :) Moi, une vallée verdoyante me suffirait. J'imagine le troupeau de moutons derrière le berger pour rentrer au bercail, dans la fraîcheur du crépuscule... (Il s'arrêta un instant et reprit :) C'est absurde de ma part, Joan, mais, au retour du bureau, quand je monte la Grand-Rue, je caresse souvent l'illusion que je bifurque, pour prendre l'avenue qui mène à Bell Walk et qu'au lieu de cette avenue, j'entre dans une vallée paisible, tapissée d'herbages, de douce verdure, entre des coteaux boisés. Je me dis que cette vallée existe de toute éternité, au cœur le plus secret de la ville. En quittant le tumulte de la Grand-Rue, il est délicieux de s'y égarer. Un peu désorienté, vous vous écriez : « Où suis-je ? » Et vous vous entendez répondre, très gentiment, très délicatement, que vous êtes mort.

— Rodney ! s'était-elle écriée, réellement ahurie, consternée, vous êtes malade ? Vous n'êtes certainement pas dans votre état normal !

C'était le premier indice qu'elle avait eu d'un dérangement chez lui, le signe précurseur de cette dépression nerveuse qui devait, peu après, l'envoyer dans un sanatorium de Cornouailles, où il avait paru heureux de passer deux mois sur une chaise longue, sans parler à personne, uniquement occupé à écouter les mouettes et à contempler les dunes, pâles et sauvages, qui le séparaient de la mer.

Il avait fallu cette scène du cimetière pour qu'elle se rendît compte de son surmenage. Comme ils prenaient le chemin du retour, après qu'elle eut passé un bras sous le sien pour l'entraîner, elle avait vu la fleur de rhododendron, trop lourde, se détacher de sa boutonnière et tomber sur la sépulture de Leslie.

— Oh ! s'était-elle écriée. Votre rhododendron !

Et elle s'était baissée pour ramasser la fleur rouge. Mais il avait bredouillé :

— Laissez-la donc ! Laissez-la à Leslie. Nous lui devons bien cela, elle était notre amie.

Joan s'était empressée d'applaudir à cette idée touchante et avait ajouté qu'elle apporterait elle-même, le lendemain, une gerbe de beaux chrysanthèmes jaunes.

Elle se rappelait son inquiétude devant l'étrange sourire avec lequel il avait répondu.

Elle avait carrément senti que Rodney présentait des symptômes alarmants. Évidemment, elle ne pouvait deviner qu'il se trouvait à la veille d'une véritable dépression nerveuse, mais elle ne lui avait jamais vu pareille physionomie.

Anxieuse, elle s'était ingéniée à le questionner habilement, pendant tout le trajet de retour ; mais il n'était sorti de son mutisme que pour marmonner :

— Je suis fatigué, Joan... Je suis très fatigué... (Et tout à coup il avait prononcé cette phrase énigmatique :) Tout le monde n'a pas autant de courage.

Huit jours plus tard, un matin, il avait annoncé d'une voix neutre :

— Je ne pourrai pas me lever aujourd'hui.

Et il était resté au lit, sans parler, sans regarder personne, immobile, avec un sourire calme.

Alors on avait vu défiler des médecins, des infirmières, jusqu'au jour où lui avait été prescrite une longue cure de repos à Trevelyan — sans lettres ni télégrammes, et sans visites. Joan n'avait pas même eu la permission d'aller le voir — Joan, sa femme !

Quelle période triste elle avait passée, dans l'anxiété, le désarroi ! D'autant plus que les enfants lui avaient créé toutes sortes de difficultés. Au lieu de l'entourer, ils avaient semblé croire que Joan était entièrement responsable de la maladie de leur père.

— C'est honteux de l'avoir laissé mener cette vie d'esclave, cette vie de bureau, sans répit, mère ! Vous saviez parfaitement que père se surmenait depuis des années.

— Sans doute, mes chéris. Mais comment aurais-je pu y remédier ?

— Vous auriez dû l'arracher de force à son bureau, depuis longtemps. Ne saviez-vous pas qu'il détestait ce genre de vie ? N'avez-vous donc jamais compris père ?

— Je te dispense de tes questions, Tony. Bien sûr, je comprends votre père. Je suis plus capable que vous de le comprendre.

— Eh bien ! il m'arrive d'en douter. Je me demande parfois si vous avez jamais compris quelqu'un.

— Tony ! C'en est assez !

— Calme-toi, Tony ! avait dit Averil. Tu perds ton temps.

Cette réplique était tout à fait dans la manière d'Averil, cette fille au cœur sec, insensible, affectant un cynisme et un détachement au-dessus de son âge. Averil, pensait quelquefois Joan avec désespoir, n'avait réellement pas un atome de cœur. Elle évitait l'attendrissement et paraissait totalement inaccessible aux arguments sentimentaux.

— Papa chéri... avait gémi Barbara, la benjamine, plus impulsive dans ses épanchements. C'est entièrement votre faute, maman. Vous avez été cruelle avec papa... cruelle... tout le temps.

— Barbara ! (Joan avait perdu patience.) Te rends-tu compte de ce que tu dis ? Votre père a toujours régné ici en maître et seigneur. Comment croyez-vous que vous auriez été instruits, vêtus, nourris, si votre père n'avait pas travaillé pour vous ? Il s'est sacrifié pour vous. C'est le rôle, le devoir des parents et ils s'y soumettent sans en tirer gloriole...

— Je saisis l'occasion de vous remercier, avait dit Averil, pour tous les sacrifices que vous, mère, vous avez faits pour nous !

Joan avait regardé sa fille d'un air incrédule. Elle doutait de la sincérité d'Averil. Pourtant sa fille, sa propre fille ne pouvait pas être impertinente au point de...

Tony avait fait diversion en demandant gravement :

— Est-ce bien vrai que père voulait faire de l'agriculture ?

— De l'agriculture ? Mais non, bien sûr que non ! Enfin, c'est-à-dire... il me semble qu'autrefois... mais c'était une lubie de jeunesse. Chez lui, on est avoué de père en fils. Et il a reçu en héritage une affaire de famille... vraiment très bien cotée dans ce coin de l'Angleterre. Vous pouvez vous en enorgueillir. Et toi, Tony, félicite-toi d'y trouver ta place plus tard.

— Mais je n'en veux pas, mère ! Je veux m'installer en Afrique-Orientale et cultiver la terre.

— Quelle sottise, Tony ! Ôte-toi de la tête cette idée stupide. Tu entreras à la charge. Tu es fils unique...

— Je ne serai pas avoué, mère. Père le sait et m'approuve.

Ébranlée par cette déclaration, véritable douche froide, elle avait fixé Tony d'un regard effaré.

Puis elle s'était effondrée dans un fauteuil et mise à sangloter. C'était si méchant de se liguer ainsi pour l'accabler !

— Je me demande ce qui vous prend pour que vous me malmeniez ainsi, en l'absence de votre père. Vous êtes tous bien durs envers moi !

Tony avait marmonné quelque chose et, tournant court, s'était glissé hors de la pièce.

De sa voix impersonnelle, Averil avait pris la parole :

— Tony est vraiment décidé, mère. Il veut entrer dans une école d'agriculture. Pour moi, il n'y voit pas plus clair qu'une chauve-souris. J'entrerais volontiers à la charge, si j'étais un garçon. Les affaires juridiques me tenteraient...

— Je n'aurais jamais cru, sanglotait Joan, que mes enfants fussent aussi ingrats !

Averil s'était bornée à soupirer ; mais Barbara, qui pleurait à chaudes larmes dans un coin de la pièce, avait glapi :

— Je sais que papa va mourir ! J'en suis sûre ! Et nous serons tout seuls ! Oh ! c'est horrible ! C'est épouvantable !

Averil avait encore soupiré. Son regard méprisant allait de sa sœur qui pleurait en hoquetant, à sa mère qui tentait d'étouffer ses sanglots.

— Puisque je n'y peux rien..., avait-elle conclu et, là-dessus, elle s'était calmement et dignement retirée — ce qui était bien dans sa manière.

En résumé, scène pénible et décevante, dont Joan n'avait jamais voulu se souvenir.

Tout cela, pourtant, était compréhensible. Le coup brutal porté par la maladie de leur père, les mots mystérieux : dépression nerveuse, tous ces événements expliquaient la réaction des enfants. Les enfants ont toujours tendance à chercher le responsable de leurs tracas. En l'occurrence, les siens avaient incriminé leur mère, parce qu'elle se trouvait là. Mais Tony et Barbara s'étaient excusés, par la suite. Averil, elle, n'avait jamais l'air de penser qu'elle dût s'excuser de quoi que ce soit et peut-être, en son âme et conscience, se croyait-elle dans son bon droit. La pauvre petite, ce n'était pas sa faute si elle avait cette sécheresse de cœur.

Bref, l'absence de Rodney avait été une période triste et même pénible. Les enfants avaient été boudeurs, maussades ; ils s'étaient renfermés sur eux-mêmes, l'avaient tenue à distance et elle s'était sentie affreusement isolée. Sans doute subissait-elle l'effet de sa douleur personnelle et de sa préoccupation. Car tous trois l'aimaient tendrement, elle en était certaine. On pouvait également dire à leur décharge qu'ils étaient à des âges difficiles : Barbara encore écolière, Averil adolescente brusque et méfiante... Tony, lui, passait presque tout son temps dans une ferme voisine. C'était contrariant, qu'il se soit mis en tête cette sotte idée d'agriculture, et Rodney avait fait preuve de grande faiblesse en l'encourageant.

Comme il est dur, avait pensé Joan, *que ce soit toujours à moi qu'incombent toutes les corvées ! Autre tracas : alors que le pensionnat de miss Harley compte tellement de charmantes élèves, je n'arrive vraiment pas à comprendre pourquoi Barbara ne se prend d'amitié que pour les mauvaises têtes. Il faudra que je lui fasse entendre une fois pour toutes que j'admets seulement chez moi les jeunes filles bien élevées. Voilà qui va encore provoquer larmes et mauvaise humeur. Averil ne me donne pas plus de consolations. Elle vit tout à fait à part et je réprouve son ton méprisant à tout propos. J'ai peur qu'elle ne se fasse une réputation déplorable.*

Oui, pensa Joan, *l'éducation des enfants est une tâche ingrate et difficile. Personne ne s'en rend suffisamment compte. Quel tact il faut déployer ! Et quelle souplesse de caractère pour savoir tantôt faire acte d'autorité, tantôt lâcher la bride, selon les circonstances ! Personne, personne ne peut imaginer les épreuves que j'ai eu à subir pendant la maladie de Rodney !*

Cette pensée la fit légèrement tressaillir, car elle lui remettait en mémoire une réflexion émise d'un ton un peu caustique par le docteur Mac Queen : il avait dit que jamais plusieurs personnes ne se trouvaient ensemble sans que, tôt ou tard, l'une d'elles ne vînt à s'écrier : « Nul ne peut savoir ce que j'ai enduré à ce moment-là ! » Toute l'assistance avait éclaté de rire et reconnu que c'était absolument exact.

Eh bien ! se dit Joan en écartant ses doigts de pieds dans ses chaussures, à cause du sable qui s'y était infiltré, *c'est profondément vrai, pourtant : nul ne sait ce que j'ai souffert à cette époque — pas même Rodney.*

Car, dès le retour de Rodney, dans une allégresse générale, tout était rentré dans l'ordre et les enfants étaient redevenus affectueux, gentils comme de coutume. L'harmonie s'était rétablie tout de suite. Ce qui prouvait que ces anomalies étaient bel et bien dues à l'inquiétude. L'inquiétude lui avait fait perdre sa pondération. L'inquiétude avait rendu les enfants nerveux et agressifs. Au total, cette période de troubles avait été éphémère et Joan se demanda pourquoi elle laissait des ennuis passagers assombrir sa mémoire, alors qu'elle cherchait à l'embellir de souvenirs agréables, afin d'éviter la tristesse.

Tout cela venait de... De quoi donc cela venait-il ? Ah ! oui, de son idée de réciter des vers. Et pourtant, vrai, quoi de plus ridicule, pensa Joan, que de se promener dans le désert en déclamant des poèmes ? Mais c'était sans inconvénient, puisque personne ne pouvait la voir, ni l'entendre.

Personne... Il n'y avait personne...

Non ! se commanda-t-elle. *Non, ne nous laissons pas aller à la panique. Ce serait sottise pure, défaillance des nerfs...*

Elle fit brusquement demi-tour et décida de rentrer au relais, mais s'aperçut qu'elle prenait sur elle pour ne pas se mettre à courir...

Il n'y avait rien, strictement rien d'effrayant au fait d'être seule. Était-elle de ces individus qui souffrent de... ? Quel était donc le terme technique ? Ce n'était pas claustrophobie, qui veut dire peur des endroits clos. Non, c'était tout le contraire. Le mot commençait par un A. C'était la peur des grands espaces en plein air.

Son malaise pouvait s'expliquer psychologiquement. Mais une explication psychologique, si elle la rassurait, n'améliorerait pas sa condition actuelle.

Il est facile de se dire que son désarroi est parfaitement logique et rationnel, mais il est moins aisé d'empêcher les idées incohérentes et saugrenues, surgies on ne sait d'où, de vous traverser l'esprit, comme des lézards sortant de leur cachette.

L'image de Myrna Randolph avait surgi devant elle comme un serpent — et tout le reste comme des lézards.

C'était le contraste : elle se trouvait tout à coup dans un désert sans limite et en plein air, elle qui avait passé toute sa vie en vase clos — dans une boîte. Oui, dans une boîte, avec des enfants-joujoux, des domestiques-joujoux, un mari-joujou...

Non, Joan. Que dis-tu là ? Comment peux-tu être si sotte ? Tes enfants sont des êtres réels !

Oui, comme la cuisinière et Agnès, et comme Rodney.

Alors, se dit Joan, *peut-être, moi, ne suis-je pas un être réel. Peut-être ne suis-je qu'une femme fantoche, une mère fantoche !*

Oh ! Dieu ! C'était terrible... Elle perdait la tête ! Fallait-il qu'elle se remît à réciter des vers ? Elle devait être capable d'en retrouver quelques-uns.

Alors, à haute voix, avec une ferveur excessive, elle déclama :

— *Loin de vous ce printemps*[1]...

---

1. *From you have I been absent in the Spring !*

Elle ne put se souvenir de la suite, mais elle ne le chercha pas. Ce vers était suffisamment explicite. Il expliquait tout, n'est-ce pas ?

Rodney ! pensa-t-elle. *Rodney... Je n'ai pas su vivre ce printemps près de vous ! Avec cette différence,* précisa-t-elle, *qu'au lieu d'être au printemps, nous sommes en novembre.*

Et, frappée de stupeur :

— Mais je répète ce qu'il a dit, le soir où...

Il y avait là une analogie, un indice à saisir, l'indice d'une découverte enrobée de silence et qui attendait son heure — d'une découverte sur laquelle elle commençait à comprendre qu'elle avait fermé les yeux...

Mais comment fermer les yeux lorsque des serpents et des lézards vous assaillent de tous côtés ?

Il y avait tant de sujets de réflexion qu'elle voulait fuir ! Barbara, Bagdad, Blanche... Tous commençant par B. Curieuse coïncidence ! Et puis Rodney sur le quai de Victoria Station. Et la malveillance des enfants.

Joan s'exaspéra contre elle-même : pourquoi, mais pourquoi ne se cantonnait-elle pas dans d'agréables souvenirs ? Elle en avait tellement et de si bons ! Oh ! oui, de si réellement délicieux !

Sa robe de mariée, en si joli satin d'un blanc de nacre... Averil dans son berceau tout garni de mousseline et de rubans roses, si beau bébé, si bien tenu... Averil, enfant, avait toujours été aimable et gentille. « Votre fille est superbe, Mrs Scudamore ! » Oui, Averil avait été une enfant flatteuse — en public, tout au moins. En famille, elle était indéfiniment ergoteuse, avec une façon déconcertante de vous regarder, comme avec l'air de vous demander si vous vous rendiez compte du sens de vos paroles. Ce qui n'était pas du tout l'attitude souhaitable d'une fille vis-à-vis de sa mère. Non, elle n'avait rien d'une enfant au cœur tendre. Tony lui faisait également honneur en société, bien qu'il fût irrémédiablement évasif et distrait sur bien des points. Barbara seule lui avait donné du fil à retordre avec ses désespoirs, ses crises de larmes.

Dans l'ensemble, tous trois étaient affectueux, mignons, bien élevés...

Quel dommage que les enfants grandissent et vous créent tant de difficultés !

Mais elle n'allait pas penser à cela. Il lui fallait se concentrer sur les joies de leur petite enfance. Averil au cours de danse, dans sa belle petite robe de soie rose. Barbara dans son charmant jersey de chez Liberty. Tony dans ce joli modèle de culotte bouffante, que Nounou faisait si adroitement...

Mais, voyons ! Joan pouvait sûrement trouver d'autres sujets de réflexion que les habits de ses enfants ! Elle pourrait se remémorer les mots charmants et affectueux qu'ils lui avaient dits, ou bien quelques tableaux de douce intimité familiale...

Quand on pense aux sacrifices qu'on fait pour ses enfants et à la façon dont on se dévoue pour eux...

... Encore un lézard passant la tête hors de son trou : Averil demandant, avec cette politesse glaciale, ce cynisme que Joan avait appris à redouter :

— Que faites-vous donc pour nous, mère ? Vous ne nous donnez pas nos bains, n'est-ce pas ?

— Non.

— Vous ne nous faites pas manger, vous ne nous coiffez pas. C'est Nounou qui s'en charge ! C'est elle qui nous couche et qui nous lève. Vous ne faites pas nos vêtements. C'est Nounou qui s'en occupe ! Et c'est elle qui nous promène...

— Oui, ma petite. J'emploie Nounou pour qu'elle vous soigne. Cela veut dire que je la paie.

— Pourtant c'est papa qui lui donne ses gages. C'est toujours lui qui apporte l'argent, n'est-ce pas ?

— Évidemment, ma petite, mais cela revient au même.

— Mais ce n'est pas vous qui allez au bureau tous les jours. C'est père qui travaille seul. Pourquoi ne travaillez-vous pas avec lui ?

— Parce que je tiens la maison.

— Mais est-ce que Kate et la cuisinière... ?

— Voilà qui suffit, Averil.

En toute justice, il fallait reconnaître qu'Averil obéissait au premier mot, sans révolte, sans défi ; mais sa docilité était quelquefois plus gênante que ne l'eût été sa rébellion.

Un jour, Rodney en avait ri et s'était écrié que, pour Averil, le verdict était toujours : acquitté faute de preuves.

— Je trouve que vous avez tort d'en rire, Rodney. À mon avis, une enfant de l'âge d'Averil ne doit pas être tellement portée sur la critique.

— Vous la jugez trop jeune pour discerner la vérité de l'erreur ?

— Oh ! ne faites pas le juriste !

Il avait riposté, avec un sourire taquin :

— Qui a fait de moi un juriste ?

— Non, sérieusement, je trouve que cette petite manque de respect envers ses aînés.

— Averil me semble singulièrement polie pour son âge. Elle ne se permet jamais les déchaînements qui sont habituels aux... à Babs, par exemple.

C'était exact, Joan en convint. Quand Barbara se mettait en colère, elle tempêtait : « Vous êtes méchante ! Vous êtes horrible ! Je vous déteste ! Je voudrais mourir, rien que pour vous embêter ! »

Mais Joan avait répondu à Rodney :

— Barbara n'a que des caprices. Elle en demande toujours pardon ensuite.

— Oui, pauvre petite bonne femme. Elle ne comprend pas ce qu'elle dit. Tandis qu'Averil a un flair étonnant pour détecter les blagues qu'on lui sert.

Joan s'était rebiffée.

— Les blagues ? Je ne comprends pas ce que vous désignez par là !

— Allons, Joan ! Les balivernes que nous leur mettons dans la tête : notre air de tout savoir, l'obligation de paraître exemplaires, nos dons de discernement infaillible... vis-à-vis de ces pauvres petites créatures sans défense et entièrement à notre merci...

— À vous entendre, on dirait que ce sont, non des enfants choyés, mais des esclaves !

— Ne sont-ils pas esclaves ? Nous leur imposons la nourriture de notre choix, les vêtements de notre choix et même, en quelque sorte, leurs paroles ! C'est à ce prix qu'ils achètent notre protection. Mais, à mesure qu'ils grandissent, chaque jour ils se rapprochent un peu de la liberté.

— La liberté ! dit Joan avec mépris. Croyez-vous qu'elle existe ?

Rodney avait répondu d'une voix lourde :

— Non, je ne le crois pas. Comme vous dites vrai, Joan !

Là-dessus, il était sorti, lentement, les épaules affaissées. Et, avec une émotion subite, elle avait pensé : « Voilà comment sera Rodney dans sa vieillesse... »

Rodney sur le quai de Victoria Station... la lumière crue révélant ses rides et ses traits tirés par la fatigue... Rodney lui enjoignant de prendre soin d'elle-même...

Puis, une minute plus tard, Rodney vu de dos...

Mais pourquoi revenait-elle indéfiniment sur cette scène ? C'était stupide ! Rodney la regrettait beaucoup ! La vie était triste, pour lui, seul à la maison avec les domestiques ! Et il ne pensait probablement jamais à inviter des amis à dîner... ou alors c'était quelqu'un d'insipide, comme Hargrave Taylor, cet homme ennuyeux à mourir. Elle n'avait jamais compris pourquoi Rodney aimait la compagnie de ce raseur. Ou bien cet assommant major Mills, qui ne pouvait parler que pâtures et élevage.

Bien sûr, Rodney la regrettait !

6

À peine était-elle rentrée au relais que l'Hindou vint à sa rencontre et lui demanda :

— Memsahib fait bonne promenade ?

— Oui ! répondit Joan. Une charmante promenade.

— Dîner bientôt prêt. Très bon dîner, Memsahib.

Joan en fut ravie ; mais la formule de l'Hindou était rituelle et le dîner fut exactement semblable aux précédents. Seule variante, des pêches à la place des abricots. Le menu pouvait être parfait, il avait l'inconvénient d'être monotone.

En sortant de table, Joan ne put se résoudre à se coucher d'aussi bonne heure et, une fois de plus, elle regretta amèrement de n'avoir pas emporté un ouvrage, à défaut d'une bonne provision de lecture. En désespoir de cause, elle tenta de relire les *Mémoires de Lady Catherine Dysart*, mais n'y trouva pas le moindre intérêt.

Que n'avait-elle une occupation, n'importe laquelle ! Un simple jeu de cartes lui eût permis de faire des patiences. Avec un jeu quelconque, trictrac, échecs ou dames, elle aurait joué contre elle-même ! Elle alla jusqu'à regretter un jeu de loto, de *snakes and ladder*, ces serpents à l'échelle...

Serpents à l'échelle... serpents et lézards...

Vraiment, quelle étrange comparaison elle avait faite entre les lézards sortant la tête hors de leurs trous et les pensées surgissant à l'improviste, ces pensées terrifiantes, ces pensées angoissantes, qui s'imposaient envers et contre tout et qui n'étaient pas supportables.

Mais, si elle ne les supportait pas, comment les concevait-elle ? On est pourtant bien maître de ses pensées... Ou ne l'est-on pas ? Est-il possible en différentes circonstances, de diriger, d'ordonner ses pensées... quand elles surgissent d'un coin mystérieux de soi-même... comme des lézards..., quand elles vous traversent l'esprit comme un serpent gris-vert ?

Issues d'un coin mystérieux de soi-même...

Bizarre, cette impression de peur qu'elle avait eue...

Ce devait être de l'agoraphobie — mais oui, voilà le terme : « agoraphobie », ce qui prouvait qu'il était toujours possible de retrouver un souvenir, si l'on s'y appliquait sérieusement. Oui, c'était cela. La crainte des grands espaces. L'idée de ce vertige ne l'avait jamais effleurée avant qu'elle n'en fût, comme aujourd'hui, la victime. Aussi bien n'avait-elle jamais eu, jusqu'alors, l'occasion de s'habituer à ces grands espaces. Elle avait toujours vécu dans un décor de maisons, de jardins, ayant beaucoup d'occupations et beaucoup de monde autour d'elle... Beaucoup de monde, tel était l'essentiel. Que n'avait-elle quelqu'un à qui parler !

Même Blanche...

Quelle ironie que le véritable effroi qui l'avait saisie à l'éventualité de faire le voyage de retour avec Blanche !...

Certes, sa situation eût été tout autre, en compagnie de Blanche. Elles auraient échangé sans fin leurs souvenirs de Sainte-Anne... Comme ce temps paraissait lointain !... Mais qu'avait donc dit Blanche ? « Tu as fait ton chemin dans le monde ; moi, j'ai dégringolé. » Non, elle avait rectifié, après coup. Elle avait dit : « Tu es restée ce que tu étais alors : une élève de Sainte-Anne, faisant honneur au pensionnat. »

Avait-elle réellement si peu changé depuis ce temps ? Voilà qui était agréable à penser ! Oui, agréable en un sens, mais, d'un autre côté, quelque peu déplaisant, car cela impliquait une sorte de stagnation... Que lui avait précisément dit miss Gilbey à l'occasion de son départ ? Les discours d'adieu de miss Gilbey à ses élèves étaient célèbres. C'était une des spécialités qui faisaient la valeur du pensionnat Sainte-Anne.

Joan se reporta en arrière et, avec une clarté surprenante, la figure de la directrice apparut immédiatement dans son champ de vision. Elle revit le grand nez agressif, le binocle, les petits yeux durs au regard autoritaire, la terrifiante majesté de miss Gilbey quand elle marchait dans les couloirs du pensionnat, majesté qui procédait surtout de son buste — un buste comprimé, rigide, qui ne symbolisait que la majesté, sans rien évoquer de féminin.

Figure impressionnante que cette miss Gilbey, crainte et admirée à juste titre et qui produisait un effet de terreur autant sur les parents que sur les élèves.

Indéniablement, miss Gilbey personnifiait le pensionnat Sainte-Anne ! Joan se revit entrant dans le lieu sacré qu'était le bureau de la directrice, avec ses fleurs, ses gravures de la famille Médicis, son atmosphère de culture intellectuelle, d'enseignement et de bon maintien.

Elle revit miss Gilbey levant majestueusement la tête au-dessus de sa table à écrire.

— Avancez, Joan. Asseyez-vous, ma chère enfant.

Joan avait docilement pris place dans le fauteuil tendu de cretonne. Miss Gilbey avait remonté son binocle et, après le plus irréel, le plus imposant des sourires, avait repris :

— Vous nous quittez, Joan. Vous allez sortir du monde étroitement circonscrit de l'école pour entrer dans l'univers combien plus vaste de la vie ! Je tiens à vous entretenir un instant, à la veille de cette séparation, avec l'espoir que mes paroles pourront vous guider au cours des années à venir.

— Oui, miss Gilbey.

— Au pensionnat, dans ce petit monde insouciant, auprès de jeunes compagnes de votre âge, vous avez été à l'abri des perplexités, des difficultés que nul ne peut entièrement écarter de sa route.

— Oui, miss Gilbey.

— Vous avez, je le sais, été heureuse ici.

— Oui, miss Gilbey.

— Et vous avez bien travaillé. Je me plais à reconnaître vos progrès. Vous avez été une de nos meilleures élèves.

Joan s'était légèrement troublée.

— Oh ! Hum ! Merci, Miss Gilbey.

— Mais la vie ouvre aujourd'hui devant vous de nouvelles perspectives, de nouvelles responsabilités...

Le discours avait continué. Aux moments opportuns, Joan avait murmuré : « Oui, miss Gilbey. »

Elle était comme hypnotisée.

Un des atouts de miss Gilbey, dans sa carrière d'éducatrice, c'était la possession d'une voix qui, aux dires de Blanche Haggard, avait toutes les possibilités d'un orchestre. Partant avec la gravité du violoncelle, elle distribuait les louanges aux accents de la flûte et donnait des conseils sur le ton de la basse. Puis, aux jeunes filles marquées de dons intellectuels, elle dispensait l'encouragement avec la sonorité des cuivres et, à celles qu'attiraient davantage les devoirs du mariage et de la maternité, les préceptes étaient modulés sur les notes filées du violon.

Mais miss Gilbey réservait invariablement pour la péroraison ses plus savants pizzicati.

— Et maintenant, un conseil personnel : pas de pensées superficielles, ma chère Joan ! Ne vous contentez pas d'accepter les faits tels qu'ils vous apparaissent, par leur côté extérieur, avec l'excuse spécieuse que ces jugements hâtifs sont plus faciles et vous évitent de souffrir ! La vie est faite pour être vécue et non dissimulée derrière les voiles de l'illusion. Et ne soyez pas trop contente de vous-même !

— Oui... Non, miss Gilbey.

— Car, tout à fait entre nous, c'est un peu votre point faible, n'est-ce pas, Joan ? Pensez aux autres, ma chère enfant, ne vous cantonnez pas en vous-même. Et préparez-vous à prendre vos responsabilités. (Puis, avec l'ampleur du grand orchestre :) La vie, Joan, doit être un perfectionnement continuel, une ascension de notre état présent à un stade plus élevé. La douleur et la peine viendront. Elles n'épargnent personne. Notre Seigneur Lui-même n'a pas été à l'abri des souffrances de notre vie mortelle. Le calvaire qu'Il a subi à Gethsémani, vous aussi vous aurez à le gravir. Et, si vous ne le savez pas, Joan, c'est que vous vous leurrez — souvenez-vous de cet avertissement quand le doute et l'épreuve viendront. Et rappelez-vous, ma chère enfant, que je serai heureuse en tout temps d'accueillir les confidences de mes anciennes élèves — et toujours prête à les aider de mes conseils, à la première sollicitation. Dieu vous bénisse, bien chère enfant !

Là-dessus venait l'ultime bénédiction de miss Gilbey, sous forme du baiser d'adieu, baiser qui était moins un contact humain qu'une accolade honorifique. Et, légèrement émue, Joan avait pris congé.

Elle était revenue au dortoir pour y découvrir que Blanche, arborant le pince-nez de Mary Grant et déguisée avec un oreiller en tapon sous le corsage de sa tenue de gymnastique, se donnait en spectacle, à la grande joie d'une assistance délirante.

— Vous quittez, claironnait Blanche, le monde joyeux du pensionnat pour entrer dans l'univers, combien plus vaste ! combien plus périlleux ! de l'existence. La vie s'ouvre devant vous, avec ses problèmes, ses responsabilités...

Joan avait fait chorus et, plus la voix de Blanche grossissait, plus le succès croissait.

— À vous, Blanche Haggard, je ne dirai qu'un mot : discipline ! Disciplinez vos enthousiasmes, refrénez vos impulsions ! La chaleur de vos sentiments peut devenir périlleuse ! Seule, une discipline rigoureuse vous permettra d'atteindre la dignité. Vous avez des dons précieux, chère enfant. Sachez en user avec discernement... Vous avez également de gros défauts, Blanche — de gros défauts. Mais ils sont le fait d'une nature généreuse et peuvent être dirigés dans le sens du bien. La vie... (Blanche enfla le ton et prit une voix de tête)... est un perfectionnement continuel. Élevez-vous sur les dépouilles de votre être perpétuellement tendu vers le progrès — voyez Wordsworth. Conservez le souvenir de l'école et rappelez-vous que Tante Gilbey vous dispensera son aide et ses conseils en toutes circonstances... si vous joignez à votre lettre une enveloppe timbrée.

Blanche arrêta son discours et parut stupéfaite de n'entendre ni rires ni bravos l'acclamer. Toutes les élèves paraissaient changées en statues de marbre et toutes les têtes étaient tournées vers la porte ouverte, sur le seuil de laquelle miss Gilbey se tenait majestueusement, son binocle à la main.

Il y eut un terrible silence. Puis miss Gilbey déclara :

— Si vous vous destinez à la profession théâtrale, Blanche, je puis vous assurer qu'il existe nombre d'excellentes écoles d'art dramatique, où l'on vous enseignera diction et élocution. Vous paraissez avoir quelque talent pour ce genre de carrière. En attendant de le cultiver, veuillez remettre cet oreiller en place.

Et là-dessus, elle s'était dignement retirée.

— Sapristi ! avait chuchoté Blanche. Le dictateur est de grande classe ! Voilà comment on apprend à rabattre son caquet !

Oui, miss Gilbey était une forte personnalité. Un trimestre après l'entrée d'Averil à Sainte-Anne, elle avait pris sa retraite : la nouvelle directrice n'avait pas son puissant dynamisme et, dès lors, le niveau de l'école avait baissé.

Blanche avait dit vrai : miss Gilbey était un dictateur, mais qui l'avait éclairée sur elle-même et qui, à la réflexion, avait parfaitement compris Blanche. La discipline, voilà ce qu'il lui aurait fallu pour se diriger dans la vie. Avait-elle de généreux instincts ? Oui, peut-être, mais la maîtrise d'elle-même lui avait notablement fait défaut. Oui, tout compte fait, Blanche était certainement généreuse. Cette somme, par exemple, cette somme que Joan lui avait prêtée, Blanche ne l'avait pas dépensée pour elle-même. Elle avait acheté un bureau à cylindre pour Tom Holliday. Un bureau à cylindre était sans aucun doute la dernière chose qui eût intéressé Blanche. Quel bon cœur, quelle excellente créature, cette Blanche ! Et pourtant, elle avait abandonné ses enfants, elle était partie froidement, délaissant les deux petits êtres qu'elle avait mis au monde.

Cela prouvait qu'il pouvait exister des femmes dépourvues d'instinct maternel. Pour Joan, les enfants étaient toujours passés en premier. Elle et Rodney avaient toujours été d'accord là-dessus.

Rodney était vraiment très désintéressé, du moins quand on savait lui exposer les choses avec bon sens. Elle lui avait démontré, par exemple, que cette jolie pièce ensoleillée, qui lui servait de garde-robe, devrait être mise à la disposition des enfants, comme salle de jeu : il avait très facilement accepté de déménager ses affaires de la charmante petite pièce qui regardait sur les communs. Les enfants bénéficieraient ainsi le plus possible de soleil et de lumière.

Elle et Rodney avaient réellement été des parents conscients de leurs devoirs. Et les enfants leur avaient fait honneur, surtout dans leur petite jeunesse. Quels charmants et mignons enfants ils avaient été ! Mieux élevés que les fils de Mrs Sherston, par exemple ! Mrs Sherston ne paraissait jamais se soucier de leur tenue. Elle s'unissait en camarade à leurs inventions les plus saugrenues, rampant sur l'herbe pour jouer avec eux aux Peaux-Rouges, poussant des cris de sauvage — une fois même, comme ils jouaient au cirque, se livrant à une imitation hurlante, c'était le cas de le dire, de ressemblance avec le lion !

Le fait est, décréta Joan, que Leslie Sherston n'avait jamais cherché à passer pour une femme distinguée.

Mais quel triste sort avait eu la pauvre femme !

Joan pensa au jour où elle était tombée par hasard sur le capitaine Sherston, dans le Somerset.

Elle faisait un séjour chez des amis dans ce comté, sans savoir que les Sherston y avaient élu domicile. Elle s'était trouvée face à face avec lui qui surgissait — comme par hasard — du cabaret de l'endroit.

Elle ne l'avait pas vu depuis sa sortie de prison et elle avait été stupéfaite du changement dans la personne du pimpant et fier directeur de banque d'autrefois.

Quel air dégonflé prennent les hommes sûrs d'eux-mêmes lorsqu'ils sont humiliés ! Ces épaules affaissées, ce dos voûté, ces joues flasques, ce regard fuyant sous les paupières lourdes...

Penser qu'un homme pareil avait jamais pu inspirer confiance !

Sherston avait été ahuri de rencontrer Joan, mais reprenant tout de suite contenance, il s'était empressé auprès d'elle, d'une manière qui était une lamentable parodie de sa politesse d'autrefois.

— Oh ! Mrs Scudamore ! Comme le monde est petit ! Quel est l'heureux hasard qui me vaut le plaisir de vous rencontrer à Skipton Haynes ?

Campé devant elle, il avait redressé les épaules, s'était efforcé de reprendre la voix cordiale et l'assurance de jadis... Désolante tentative ! Malgré elle, Joan avait eu pitié de lui.

Quelle horreur ce devait être de déchoir ainsi dans le monde, alors qu'on peut tomber au moment le moins prévisible sur une relation d'autrefois et s'exposer à ce qu'elle refuse de vous serrer la main !

Certes, elle n'avait pas marqué la moindre intention de lui battre froid. Au contraire, elle avait eu une attitude des plus aimables.

Sherston lui avait dit :

— Il faut que vous veniez voir ma femme ! Vous prendrez le thé avec nous. Oui, oui, chère Mrs Scudamore, j'insiste !

Et son évocation du bon vieux temps était si pénible que Joan, malgré sa réticence, s'était laissé piloter par Sherston, qui n'avait pas cessé de bavarder, sans paraître absolument sûr de lui.

Il tenait, disait-il, à lui montrer leur petite exploitation — pas si petite, d'ailleurs, d'une bonne superficie. La culture maraîchère demandait un dur labeur. Les pommes et les anémones étaient leur spécialité, etc.

Tout en palabrant, il avait ouvert un portillon plus ou moins disloqué et dépeint et ils s'étaient engagés dans une allée envahie d'herbes folles, au bout de laquelle ils avaient aperçu Leslie penchée sur une plate-bande.

— Devine qui je t'amène ! s'était écrié Sherston.

Et Leslie, après avoir repoussé les mèches qui lui couvraient la figure, était venue à leur rencontre en clamant que, pour une surprise, c'était une fameuse surprise !

Joan fut tout de suite frappée du vieillissement de Leslie. Elle lui trouva même l'air malade. Des rides profondes, creusées par la fatigue et la douleur, lui ravageaient le visage. Mais, moralement, elle était identique : enjouée, négligée et d'une énergie féroce.

Pendant qu'ils bavardaient, les garçons étaient rentrés de l'école. De l'allée, ils s'étaient annoncés par de grands cris et de bruyants éclats de rire ; puis ils avaient foncé, tête baissée, sur Leslie, en braillant. Après avoir répondu à leurs démonstrations, elle leur avait dit tout à coup, avec autorité : « Du calme ! Nous avons une visite ! »

Les garçons s'étaient incontinent mués en deux anges de politesse et avaient salué Mrs Scudamore d'une voix couverte et mesurée.

Joan s'était reportée un instant au souvenir d'un de ses cousins qui avait un chenil. Au commandement, les chiens repliaient leurs arrière-trains et s'asseyaient, tandis que l'ordre contraire les faisait prestement déguerpir. Les enfants de Leslie semblaient recevoir une éducation du même genre. Après avoir accompagné leurs parents à l'intérieur de la maison, ils avaient aidé Leslie à préparer le thé, puis à apporter sur un plateau une miche de pain, une motte de beurre, de la confiture de ménage et de grossières tasses de cuisine, sans cesser de rire et de plaisanter avec leur mère.

Mais le plus étrange était le changement d'attitude de Sherston. Son air gêné, fuyant, abattu avait disparu. Il était redevenu le maître de maison, le seigneur du lieu et un seigneur qui tenait sa place. Il était épanoui, content de lui-même, fier de sa famille. On avait l'impression que l'abri de ces quatre murs l'immunisait contre le monde extérieur et l'opinion des autres. À un certain moment, ses fils implorèrent son secours pour effectuer un travail de menuiserie. De son côté, Leslie l'adjura de ne pas oublier qu'il lui avait promis de réparer son sarcloir et lui demanda s'il préférait biner les anémones le soir même, ou s'ils le feraient ensemble le jeudi matin.

Joan s'était dit que le ménage n'avait jamais paru plus uni. Elle avait cru s'apercevoir que Leslie adorait Sherston. Il avait dû, jadis, être assez beau garçon.

Elle en était là de ses réflexions lorsqu'elle crut que ses oreilles l'abusaient.

Peter s'était écrié avec pétulance :

— Raconte-nous la bonne histoire du gardien de prison et du plum-pudding !

Et, devant l'air interdit de son père interloqué, le gamin ajouta d'une voix pressante :

— Tu sais bien ? Ce que tu as entendu en prison... Le dialogue entre deux gardiens !

Sherston avait hésité, l'air gêné. Alors Leslie avait dit avec le plus grand calme :

— Vas-y donc, Charles ! L'histoire est très cocasse. Elle amusera Mrs Scudamore.

Charles s'était exécuté et l'histoire, en effet, était drôle, mais pas au sens où l'entendaient les garçons. Ils se trémoussaient en poussant de grands cris de joie. Joan avait ri par politesse, mais elle était littéralement ahurie et quelque peu scandalisée. Et ensuite, se trouvant seule avec Leslie au premier étage, elle avait doucement insinué :

— Je n'aurais jamais imaginé que vos fils seraient au courant de...

Leslie...— vraiment, avait pensé Joan, Leslie Sherston ne devait pas avoir l'épiderme très sensible—... Leslie avait paru s'amuser de cette réflexion.

— Ils étaient appelés à l'apprendre un jour ou l'autre, avait-elle dit. N'est-ce pas ? Alors autant le leur faire savoir tout de suite. C'est plus simple.

C'était plus simple, Joan en était convenue — mais était-ce sage ? Le délicat idéalisme d'une âme d'enfant... Ébranler sa confiance et son admiration pour le père de famille... Joan en était suffoquée.

Leslie avait répondu qu'elle ne croyait pas ses enfants d'une délicatesse ni d'un idéalisme aussi frêles. Pour eux, il eût été pis de flairer un mystère sur lequel leurs parents eussent tenu à garder le silence.

Elle avait levé les bras avec sa rondeur, son insouciance habituelles :

— Faire des cachotteries, prendre des mines, voilà qui eût été pernicieux. Lorsqu'ils m'ont demandé pourquoi leur père était parti, j'ai pensé que je leur devais la vérité. Aussi leur ai-je dit, carrément, qu'il avait volé de l'argent à la banque et qu'il était en prison. C'était leur apprendre où mène le vol. Peter avait une fâcheuse tendance à chaparder de la confiture et on l'envoyait au lit pour le punir : il a compris que, si les grandes personnes se conduisent malhonnêtement, on les met en prison. C'est très simple.

— Tout de même, un enfant qui méprise son père au lieu de l'admirer...

— Oh ! Ils n'ont pas l'air de le mépriser ! (De nouveau, Leslie avait paru égayée par les scrupules de Joan.) Ils le plaignent beaucoup et ils aiment l'entendre raconter ses souvenirs de prison.

— Je suis sûre que ce n'est pas bon pour eux, avait décrété Joan.

— Ah ! Vous croyez ? (Leslie avait réfléchi.) Peut-être, mais c'est ce qui a sauvé Charles ! À sa sortie de prison, il était rampant, comme un chien battu. C'était odieux ! Alors, j'ai pensé que la seule solution était d'expliquer franchement ce qui s'était passé. On a beau faire, il est impossible de passer au bleu trois années de son existence et, pour moi, mieux vaut connaître la vérité.

C'était bien le genre de Leslie, s'était dit Joan. Elle était restée désinvolte, sans détour et ignorante des nuances subtiles du sentiment, prenant toujours les chemins les plus directs.

Pourtant, il fallait lui rendre justice : elle avait été la plus fidèle des épouses !

Joan lui avait donc dit avec indulgence :

— Comprenez-moi, Leslie ! Je suis tout à fait d'avis que vous avez été admirable de soutenir ainsi le moral de votre mari et de vous mettre à travailler pour vos enfants pendant qu'il était... comment dirai-je ?... À ce sujet, nous sommes entièrement d'accord, Rodney et moi.

Quel drôle de petit sourire contracté avait eu Leslie ! Joan s'en avisait seulement maintenant. Peut-être les félicitations l'avaient-elles gênée. En tout cas, c'est d'une voix empruntée qu'elle avait demandé :

— Que devient Rodney ?

— Il est très occupé, le pauvre chéri. Je lui dis souvent qu'il devrait s'octroyer un jour de répit, de temps à autre.

— Ce n'est guère facile, avait dit Leslie. Je présume que son métier, comme le mien, réclame un travail continuel. Et il n'est guère de congé possible.

— Je l'avoue. Et puis, Rodney est tellement consciencieux !

— Un travail continuel..., avait répété Leslie.

Elle s'était dirigée lentement vers la fenêtre et y était restée longtemps, le dos tourné.

Joan, regardant la silhouette de Leslie, avait été frappée de stupeur. Elle portait toujours des vêtements déformés et lâches, mais tout de même...

— Oh ! Leslie ! s'était-elle écriée impulsivement. Ne me dites pas que vous êtes...

Leslie s'était retournée et, croisant le regard de Joan, avait lentement hoché la tête.

— Si ! avait-elle dit. J'attends un bébé pour le mois d'août.

— Ma pauvre amie..., avait dit Joan avec une profonde compassion.

Mais, par un revirement inexplicable, Leslie s'était littéralement déchaînée. Finies sa légèreté, son apathie ! On aurait dit un condamné à mort plaidant lui-même sa défense.

— Cet événement a complètement transformé Charles, voyez-vous. Je ne peux vous dire combien le changement a été radical. Il a vu là comme un symbole, la preuve qu'il n'était pas un hors-la-loi et que la vie reprenait ses droits. À tel point que, depuis qu'il connaît mon état, il essaie de ne plus boire.

Leslie parlait avec une telle chaleur que Joan ne saisit pas tout de suite l'allusion de la dernière phrase et elle se contenta de dire :

— Évidemment, vous discernez mieux que moi votre devoir ; mais j'aurais pensé qu'il n'était pas raisonnable, dans votre situation actuelle...

— Vous pensez aux frais supplémentaires ? (Leslie s'était esclaffée.) Oh ! nous sortirons du pétrin ! Quand nous aurons une bouche de plus à nourrir, nous travaillerons davantage.

— Mais vous ne paraissez pas très résistante...

— Comment ? Je ne le suis que trop ! Ce qui me tuera ne me tuera pas facilement, vous verrez !

Mais elle avait eu un petit frisson, à croire qu'elle pressentait déjà la maladie qui l'emporterait.

Enfin, elles étaient descendues et Sherston avait insisté pour faire quelques pas en compagnie de Joan, afin de lui montrer un raccourci à travers champs. Et, comme elle tournait la tête, avant de sortir du jardin, elle avait aperçu Leslie et ses fils jouant et se bousculant avec une joie désordonnée. Leslie folâtrait, Leslie se mêlait aux jeux de ses enfants presque comme un animal... Bien qu'écœurée par cette comparaison, Joan prêtait attentivement l'oreille aux boniments du capitaine Sherston. Il paraissait avide de s'épancher. Il lui avait donc déclaré, avec une grande démonstration de gestes, que jamais, jamais, une femme n'avait valu, ne vaudrait, ne pourrait valoir Leslie.

— Vous n'imaginez pas, Mrs Scudamore, ce qu'elle a été pour moi ! Vous ne l'imaginez pas ! Personne ne peut s'en rendre compte ! Je suis indigne d'elle, je le sais...

Joan s'inquiéta de lui voir la larme à l'œil : ce devait être un homme à l'émotion facile, de ces hommes qui s'enivrent d'un rien.

— Elle est d'une égalité d'humeur... Toujours enjouée... Ayant l'air de trouver à tout ce qui nous arrive un côté intéressant et pittoresque. Et jamais, jamais un mot de reproche... Mais je le lui revaudrai, je jure que je saurai lui prouver ma reconnaissance.

Joan avait pensé que, si le capitaine Sherston tenait à faire acte de gratitude, il fréquenterait moins assidûment le cabaret *Anchor and Bell* et elle s'était retenue pour ne pas le lui dire.

Finalement, elle avait pris congé, en lui répétant qu'elle comprenait parfaitement cette admiration pour Leslie et qu'elle était ravie de les avoir revus tous deux. Elle s'était éloignée à travers champs. Au moment de passer une barrière, elle s'était retournée et avait vu de loin le capitaine Sherston devant la porte du cabaret *Anchor and Bell*, consultant sa montre pour savoir s'il allait attendre l'ouverture.

Tout cela, avait-elle déclaré à Rodney dès son retour, était très attristant.

Profondément intéressé, Rodney avait répondu :

— Mais j'avais cru comprendre que vous leur aviez trouvé l'air très heureux.

— Hum ! oui, si l'on veut.

Rodney avait dit que, toute réflexion faite, Leslie Sherston avait admirablement su redresser la situation.

— Il est certain qu'elle a montré un cran formidable. Figurez-vous qu'elle attend encore un enfant !

Rodney s'était levé d'un bond, pour aller se poster devant la fenêtre. Il était resté, dos tourné, tout à fait, avait remarqué Joan, dans la même attitude que Leslie. Puis, au bout de quelques minutes, il avait demandé :

— Pour quand ?

— Pour le mois d'août. Je trouve que c'est de la pure folie.

— Vraiment ?

— Mon cher, réfléchissez ! Ils vivent de leur travail. Le bébé sera une complication supplémentaire.

— Leslie a les reins solides... avait lentement dit Rodney.

— Mais elle va se claquer à force de vouloir en faire trop ! Elle a déjà l'air malade.

— Elle avait bien mauvaise mine quand elle est partie d'ici...

— Elle a beaucoup vieilli, depuis lors. C'est très joli de dire que, grâce à cette naissance annoncée, Charles a changé du tout au tout...

— Elle vous a dit cela ?

— Oui. C'est, m'a-t-elle assuré, ce qui lui a définitivement rendu confiance.

— C'est bien possible, avait dit Rodney, l'air songeur. Sherston est de ces hommes qui ne vivent que par l'estime que l'on a pour eux. Quand le juge lui a lu sa sentence, il s'est effondré, dégonflé comme un ballon qui crève. C'était pitoyable et, en même temps, affreux à voir. Je suis sûr que la seule méthode était de lui rendre, par un moyen ou par un autre, le respect de lui-même. Mais l'entreprise paraissait surhumaine...

— N'importe ! Je persiste à croire qu'une bouche de plus à nourrir...

Rodney l'avait interrompue. Se détournant de la fenêtre, il lui avait montré un visage tellement décomposé par la colère qu'elle en avait eu peur.

— C'est sa femme, non ? Elle n'avait le choix qu'entre deux solutions : rompre définitivement et emmener ses enfants, ou reprendre la vie commune et être ce qui s'appelle une vraie femme. Voilà sa décision — et Leslie ne fait pas les choses à moitié !

Joan avait fait observer qu'il n'y avait pas là motif à s'emporter. Abondant dans son sens, son mari avait ajouté qu'il était las et écœuré de ce monde timoré, qui pèse indéfiniment le pour et le contre avant de s'engager et qui ne prend jamais un risque ! Quand Joan fit remarquer qu'elle espérait qu'il ne tenait pas ce langage en compagnie de ses clients, Rodney grimaça un sourire en la priant de se tranquilliser : il leur conseillait toujours de régler leurs affaires sans recourir au tribunal !

7

Il était sans doute assez normal que, la nuit suivante, Joan rêvât de miss Gilbey. Elle la vit coiffée d'un casque colonial, marchant à côté d'elle dans le désert et disant d'une voix dogmatique :

— Vous auriez dû faire plus attention aux lézards, Joan. Vous êtes faible en histoire naturelle.

À quoi Joan répondit automatiquement :

— Oui, miss Gilbey.

Le professeur ajouta :

— Voyons, n'affectez pas de ne pas comprendre ce que je vous dis, Joan. Vous le savez parfaitement. De la discipline, ma petite.

Joan se réveilla et, pendant quelques secondes, se crut de nouveau à Sainte-Anne. Il fallait reconnaître que le relais n'était pas exempt de similitude avec le dortoir du pensionnat. La nudité de l'ameublement, les lits de fer, le caractère hygiénique des murs étaient les mêmes.

Oh ! mon Dieu ! pensa Joan. *Encore un jour à passer ici !*

Pourquoi donc avait-elle rêvé que miss Gilbey lui disait « discipline » ?

Au fait, ce n'était pas dépourvu d'à-propos. Elle avait vraiment été très sotte, la veille, de se mettre dans cet état d'affolement que rien ne motivait ! Il lui fallait discipliner ses pensées, s'organiser l'esprit d'après un système, étudier une bonne fois cette idée d'agoraphobie.

Heureusement, elle se trouvait tout à fait à son aise, à l'intérieur du relais. Peut-être serait-il plus raisonnable de ne pas mettre le nez dehors.

Mais son cœur défaillit devant cette perspective. Passer toute la journée à se claquemurer dans cette pénombre, dans cette odeur de graisse de mouton, d'huile et de Fly-tox... Toute la journée sans rien à lire, rien à faire...

Que faisaient donc les prisonniers dans leurs cellules ? Mais, évidemment, on leur impose des heures d'exercice et des corvées, des travaux de sellerie, par exemple. Sans quoi, ils deviendraient fous, pensa-t-elle.

Car la réclusion solitaire peut quelquefois engendrer la folie.

La réclusion solitaire... des jours de suite... des semaines de suite...

Mais, quoi donc ! se croyait-elle ici depuis des semaines ? En réalité, elle n'y avait passé que... combien ? oui, deux jours.

Deux jours ! C'était incroyable. Quel était donc le vers d'Omar Khayyam ? À peu près ceci : « Moi-même

— avec les dix mille ans d'hier. » Comment expliquer qu'elle ne pouvait rien se rappeler textuellement ?

Mais, attention ! Ses efforts de mémoire pour réciter des vers n'avaient pas eu de bons résultats. Bien au contraire ! Évidemment, la poésie avait une influence assez troublante : l'émotion qu'elle provoquait vous saisissait jusqu'à l'âme... Mais il ne fallait pas divaguer. Où en était-elle donc ? Certainement, le plus sûr était de s'entretenir de questions morales. D'ailleurs elle avait toujours été d'un genre plutôt moral.

— *Toi, tu es froide comme un poisson...*

Pourquoi cette phrase de Blanche venait-elle interrompre le fil de ses pensées ? Quelle réflexion vulgaire et déplacée, bien dans le genre de Blanche !

Voilà comment elle était jugée par des êtres comme Blanche, des êtres qui se laissent emporter, ravager par leurs passions. On ne pouvait équitablement pas en vouloir à Blanche de ses dévergondages. Telle était sa nature. En son temps de jeune fille, on ne pouvait le deviner, tant elle était gentille et bien élevée ; mais cette tendance devait déjà couver au fond d'elle-même.

Froide comme un poisson ! Non, mais... Complète erreur !

Il était regrettable que Blanche elle-même n'eût pas un peu plus de froideur dans le tempérament !

Elle paraissait avoir mené la vie la plus déplorable.

Oui, franchement, déplorable.

Qu'avait-elle dit ? « On peut toujours penser à ses péchés ! »

Pauvre Blanche ! Mais elle avait reconnu que ce genre de souvenirs n'occuperait guère Joan. Elle se rendait donc parfaitement compte de ce qui les différenciait. Elle avait eu l'air de penser que Joan se fatiguerait vite de dénombrer les chances qu'elle avait eues — il était vrai, peut-être, que l'on avait facilement tendance à considérer ses propres chances comme si elles vous étaient dues ! Et qu'avait-elle dit ensuite ? Quelque chose d'assez curieux...

Ah ! oui, elle se demandait si, n'ayant rien d'autre à faire que réfléchir pendant des jours et des jours, on ne ferait pas, à son propre sujet, certaines découvertes.

L'idée méritait d'être creusée.

Oui, elle pouvait donner matière à de très intéressantes réflexions.

Blanche avait dit qu'en ce qui la concernait, elle n'était pas tentée de se lancer dans cet examen...

Et, ce disant, elle avait paru presque effrayée.

Je me demande, pensa Joan, *si je ferais des découvertes sur moi-même. Évidemment, je n'ai pas l'habitude de l'introspection. Je ne suis pas ce genre de femmes repliées sur elles-mêmes... Qui sait comment les autres me jugent ?... Je ne parle pas des indifférents, mais les miens, comment me voient-ils ?*

Elle essaya de se remémorer des exemples de jugements proférés par autrui sur son compte.

Barbara, entre autres, lui avait dit :

— Oh ! mère, comme vous savez dresser les domestiques ! Vous avez toujours des perles.

C'était en quelque sorte une façon de lui rendre justice, une preuve que ses enfants appréciaient ses talents de ménagère et de femme d'intérieur. Et ce compliment se justifiait : elle était une maîtresse de maison accomplie. Les servantes lui étaient dévouées, ou tout au moins, lui obéissaient sur-le-champ. Elles ne lui manifestaient peut-être pas beaucoup de sympathie lorsqu'elle était malade, ou souffrait de migraine ; mais, à vrai dire, elle ne les y poussait pas. Et elle chercha ce que lui avait reproché une remarquable cuisinière, en lui donnant congé. Cette femme prétendait ne pouvoir continuer son service si elle ne devait jamais recevoir un mot aimable. Bref, des propos sans queue ni tête.

— Toujours entendre des observations quand on a mal fait, Ma'ame, et jamais d'éloge quand tout va bien, je vous assure que ça vous empêche d'avoir le cœur à l'ouvrage.

Joan avait dignement répondu :

— Vous savez parfaitement que je suis contente de vous. Si je ne dis rien, c'est que votre travail me donne entière satisfaction.

— Peut-être bien, Ma'ame, mais c'est décourageant. On a son amour-propre. Ainsi, je m'étais donné un mal de chien, l'autre soir, pour réussir ce ragoût à l'espagnole, pour vous plaire. Et ça n'a pas été tout seul, car je ne suis pas de celles qui aiment la ratatouille.

— C'était délicieux.

— Oui, Ma'ame. Je l'ai bien pensé, puisque le plat est revenu vide à la cuisine ; mais vous ne m'en avez pas soufflé mot.

— Allons ! dit Joan avec impatience. Vous êtes bien susceptible ! Je vous ai engagée pour faire la cuisine et je crois que j'y mets le prix.

— Oh ! y a rien à dire sur les gages, Ma'ame.

— Alors vous devez comprendre que vous faites notre affaire. Si quelque chose me déplaît dans votre service, je vous le dis tout simplement.

— C'est vrai, Ma'ame.

— Vous n'admettez pas de recevoir des observations ?

— Non, c'est pas ça, Ma'ame. Mais je crois qu'il est inutile de discuter plus longtemps. Je m'en irai quand mon mois sera fini.

Ces filles, pensa Joan, étaient insatiables, susceptibles, exigeantes. Pourtant, Rodney trouvait toujours grâce auprès d'elles, simplement parce qu'il était homme. Elles ne refusaient jamais rien à *Monsieur*. Et Rodney était ahurissant, parfois, tant il paraissait les comprendre.

Il avait stupéfié Joan, un jour, en lui disant :

— Ne bousculez pas Edna ! Son petit ami sort avec une autre et elle en est toute chavirée. Excusez-la de lâcher ce qu'elle a dans les mains, d'oublier de repasser un plat, d'être distraite...

— Comment diable savez-vous cela, Rodney ?

— Elle me l'a dit ce matin.

— Comment se fait-il qu'elle vous l'ait dit, à vous ?

— Je lui ai vu les yeux rouges, comme si elle avait pleuré. Alors je lui ai demandé ce qui n'allait pas.

Rodney, pensa Joan, était d'une bonté rare.

Elle lui avait dit, certain jour :

— Je pensais que tout ce que vous voyez à l'étude vous dégoûterait des complications humaines.

— Oui, avait-il répondu d'un air pensif. Cela pourrait arriver mais c'est tout le contraire. Je crois qu'un avoué de petite ville finit par connaître les replis de l'âme humaine mieux que quiconque — comme le médecin. Mais cela ne fait que l'apitoyer davantage sur l'humanité, si facile à blesser, toujours sujette à la crainte, au doute, à l'envie et quelquefois, quand on s'y attend le moins, si généreuse, si brave ! La seule consolation de ce métier est qu'il accroît la pitié.

Elle faillit demander : « Consolation ? Qu'entendez-vous par là ? » Mais, sans savoir pourquoi, elle s'était abstenue. C'était préférable. Mieux valait éviter la question.

Ce qui ne l'avait pas empêchée de rester quelque temps troublée par la capacité de Rodney à s'émouvoir, par son don de sympathie et les actes qui en découlaient.

L'histoire du vieil Hoddesdon et de son hypothèque en avait été une autre preuve. Joan avait été mise au courant, non par Rodney lui-même, mais par les bavardages de la nièce d'Hoddesdon, et elle était rentrée chez elle assez perplexe.

Était-il possible que Rodney eût fait un prêt sur sa bourse personnelle ?

Rodney avait eu l'air gêné. Il avait rougi en rétorquant sur un ton vif :

— Qui vous a dit cela ?

Elle le lui avait raconté, ajoutant :

— Ne pouvait-il emprunter la somme nécessaire dans les conditions légales ?

— La garantie d'honnêteté ne suffit pas, du strict point de vue des affaires. Il est difficile actuellement d'hypothéquer la terre.

— Alors pourquoi diable lui avez-vous consenti cette avance ?

— Oh ! je serai remboursé ! Hoddesdon est un excellent fermier. C'est le manque de capitaux et ces deux mauvaises saisons qui l'ont acculé à la ruine.

— Il n'en est pas moins vrai qu'il est en mauvaise posture et réduit à emprunter. Franchement, je n'arrive pas à trouver que vous ayez fait une bonne spéculation, Rodney.

Tout à coup et sans qu'elle comprît pourquoi, Rodney s'était emporté.

Se doutait-elle le moins du monde, avait-il demandé, des conditions dans lesquelles vivaient les paysans de la région ? Connaissait-elle leurs difficultés ? Leurs épreuves ? La politique à courte vue du gouvernement ? Puis il avait déversé un flot de renseignements précis sur la situation générale de l'agriculture en Angleterre, pour décrire finalement, avec une chaude indignation, les malheurs personnels du vieil Hoddesdon.

— Ces difficultés peuvent arriver à n'importe qui, fût-ce au plus malin, ou au plus travailleur. Elles m'auraient menacé aussi, si j'avais été dans la même situation. Elles viennent du manque de capitaux, d'abord, de la malchance, ensuite. Mais, de toute façon, permettez-moi de vous dire que cela ne vous concerne en rien, Joan. Je n'interviens pas dans la façon dont vous vous occupez de la maison et des enfants. Vous exercez votre ministère, moi, j'exerce le mien.

Cette tirade l'avait blessée, amèrement blessée, car Rodney parlait d'un ton qui ne lui était pas habituel. Jamais ils n'avaient été aussi près d'une dispute.

À cause de cet insipide Hoddesdon ! Rodney s'était entiché de ce vieillard inintéressant. Le dimanche après-midi, il se rendait à la ferme et passait des heures avec Hoddesdon ; il revenait plein de son sujet et ne pouvait parler que récoltes, maladies du bétail et autres questions totalement dénuées de charme. Il allait même jusqu'à tyranniser ses hôtes avec ce genre de conversation.

C'est ainsi qu'à une garden-party, Joan avait été intriguée par la vue de Mrs Sherston et de Rodney assis côte à côte sur un banc : Rodney parlait avec une telle volubilité qu'elle s'était demandé ce que, diable, il était en train de raconter, à tel point qu'elle les avait rejoints pour savoir ce qui passionnait ainsi Rodney et pourquoi Mrs Sherston paraissait boire ses paroles. Eh bien ! cette question si palpitante n'était autre que celle des vaches laitières et la nécessité que voyait Rodney de défendre la pureté de la race dans la région.

Joan avait eu peine à croire que ce fût de quelque attrait pour Leslie Sherston qui, bien qu'elle écoutât d'un air profondément pénétré et eût les yeux rivés sur la figure ardente et animée de Rodney, ne devait guère s'intéresser à un ordre de choses dont elle ignorait le premier mot.

Arrivant auprès d'eux, Joan avait doucement insinué :

— Vous ne devriez pas infliger l'ennui de ces histoires à la pauvre Mrs Sherston !

Cette scène avait eu lieu peu après l'arrivée des Sherston à Crayminster, quand les deux ménages ne se connaissaient pas encore intimement.

La figure de Rodney s'était subitement éteinte et il s'était excusé auprès de son interlocutrice.

Celle-ci avait répliqué, du tac au tac, avec ces manières directes qui lui étaient habituelles :

— Vous vous trompez, Mrs Scudamore. Mr Scudamore me racontait des choses passionnantes.

Et ses yeux luisaient d'une telle flamme que Joan avait pensé : « Cette femme doit posséder un tempérament de feu. »

À ce moment, Myrna Randolph avait interpellé Rodney, un peu essoufflée.

— Rodney, mon chou, il faut que vous veniez jouer cette partie avec moi. Je vous attends !

Et, avec ce charme impérieux que seule peut exercer une belle fille, elle avait tendu les deux mains, fait lever son partenaire de force et, lui souriant en pleine figure, bel et bien entraîné Rodney vers le tennis, sans même lui demander son avis.

Marchant à côté de lui, elle avait familièrement glissé un bras sous le sien et dressé la tête pour le regarder dans le blanc des yeux.

En colère, Joan avait songé :

« Je ne suis pas jalouse, mais les hommes n'aiment pas les filles qui se jettent ainsi à leur tête. »

Puis, sous le coup d'un étrange petit pincement au cœur, elle s'était demandé si, tout compte fait, ce genre ne plaisait pas aux hommes !

Quand elle avait relevé les yeux, Leslie Sherston l'observait — n'ayant plus du tout l'air d'une femme au tempérament de feu. Elle paraissait prendre Joan en pitié — ce qui était de l'insolence, sinon pis.

Joan s'agita nerveusement dans son lit étroit. Comment diable Myrna Randolph avait-elle resurgi ? Ah ! oui, sans doute en cherchant quel effet elle produisait sur autrui. Sans doute Myrna devait-elle la détester. Oh ! de la part de Myrna, il fallait s'y attendre, car c'était le genre de fille à brouiller n'importe quel ménage si elle en avait l'occasion. Mais, voyons,

voyons, il était vraiment inutile de s'enflammer et de se tracasser à ce sujet dans les circonstances actuelles.

Elle allait se lever et demander son petit déjeuner. Peut-être pourrait-on lui servir un œuf poché pour varier son menu. Elle était tellement lasse de ces omelettes dures comme des semelles de bottes !

Mais l'Hindou parut imperméable à l'idée d'un œuf poché.

— Cuire un œuf à l'eau ? Memsahib veut dire à la coque ?

Non, dit Joan. Un œuf à la coque, au relais, elle le savait par expérience, était un œuf dur. Elle tenta d'expliquer la recette des œufs pochés. L'Hindou dodelina de la tête.

— Jeter un œuf dans l'eau ? L'œuf se défaire ! Moi donner à Memsahib bon œuf frit.

Ainsi lui servit-on deux bons œufs frits, bien brûlés tout autour, dont les jaunes étaient durs et pâles. Tout compte fait, pensa-t-elle, elle préférait l'omelette.

Elle vint trop vite à bout de son petit déjeuner et s'enquit du train, mais on n'en avait aucune nouvelle.

Alors elle se retrouva purement et simplement en face de la réalité : encore un long jour à passer.

Mais, ce jour-là, elle allait l'organiser avec méthode. Son ennui venait de ce que, jusqu'à présent, elle s'était bornée à essayer de faire passer le temps. Quelle naïveté ! Elle était restée la voyageuse qui attend un train en s'impatientant dans une gare. Il était naturel que cette situation eût engendré un état de nervosité, une déroute de l'esprit.

Dorénavant, elle allait considérer cette attente forcée comme une cure de repos et... oui, de discipline — un peu dans le genre de ce que les catholiques romains appellent une retraite et dont ils sortent spirituellement fortifiés.

Je suis sûre, pensa Joan, *que j'en sortirai, moi aussi, spirituellement fortifiée.*

Elle s'était sans doute trop relâchée, ces derniers temps. Sa vie était trop agréable, trop abandonnée au laisser-aller.

Une fantomatique miss Gilbey lui parut se dresser auprès d'elle et lui dire, avec les accents bien connus de sa voix de basse :

— Discipline !

Mais elle s'avisa que ce conseil, miss Gilbey l'avait adressé à Blanche. À Joan, miss Gilbey avait dit — vraiment sans aménité :

— Ne soyez pas trop fière de vous, Joan.

Ce qui était méchant, car Joan n'avait jamais éprouvé le moindre orgueil d'elle-même. Elle n'avait pas un brin de fatuité.

« Pensez aux autres, ma chère enfant. Ne vous contentez pas de vous-même. » Voyons, c'était bien ainsi qu'elle avait vécu, en pensant toujours aux autres. Elle n'avait pour ainsi dire jamais pensé à elle et, en tout cas, jamais au détriment d'autrui. Elle n'avait rien d'égoïste et s'était toujours sacrifiée aux enfants, à Rodney.

Pourtant, Averil...

Pourquoi pensait-elle subitement à Averil ?

Pourquoi voyait-elle si clairement le visage de sa fille aînée, ce visage au sourire de politesse, légèrement méprisant ?

Averil, sans aucun doute, ne lui avait jamais pleinement rendu justice.

Elle lançait parfois de ces réflexions... plus ou moins sarcastiques et réellement on ne peut plus désagréables.

Pas exactement injurieuses, mais...

Mais quoi donc ?

Cet air d'ironiser en arquant les sourcils... Cette façon douce et gentille de s'esquiver...

Averil l'aimait, certainement. Tous ses enfants l'aimaient.

Était-ce sûr ? Ses enfants avaient-ils de la tendresse pour elle ? Avaient-ils même tant soit peu d'affection ?

Joan fit un bond sur sa chaise et retomba, accablée...

D'où lui venaient ces idées ? Pourquoi en était-elle obsédée ? Elles étaient terrifiantes, odieuses. Il fallait les chasser, s'en détourner à tout prix...

Mais les *pizzicati* de miss Gilbey lui revinrent aux oreilles : « Pas de pensées superficielles, Joan. N'acceptez pas les faits tels qu'ils se présentent à première vue, sous prétexte que c'est plus simple et que cela vous évite de souffrir... »

Était-ce pour s'éviter de souffrir qu'elle voulait écarter ces obsessions ?

Car elles étaient certainement douloureuses...

Averil...

Averil l'aimait-elle ? Averil... — eh bien ! étudions sérieusement la question ! —... aimait-elle sa mère ?

Il fallait reconnaître qu'Averil était une fille bizarre, froide, insensible.

Non, peut-être pas insensible. Mais, à vrai dire, Averil avait été la seule, parmi les trois enfants, à causer une grosse préoccupation à ses père et mère. Cette Averil si froide, si tranquille, quelle émotion elle leur avait donnée !

Quelle émotion elle *lui* avait donnée, à elle, Joan !

Joan décacheta la lettre sans se douter le moins du monde de son contenu. L'adresse étant griffonnée d'une main malhabile, elle s'attendait à trouver un message d'une de ses nombreuses protégées. Et elle lut, sans comprendre :

Vous ne devez pas ignorer comment votre fille aînée fait marcher le docteur du sana. Ils s'embrassent dans les bois, que c'en est une honte. Il est temps de faire cesser le scandale.

Joan écarquilla les yeux sur le torchon de papier qui lui donnait littéralement la nausée.

Quelle abomination ! Quelle infamie !

Elle savait ce qu'était une lettre anonyme, mais elle n'en avait jamais reçu. À proprement parler, celle-ci la rendait malade.

Votre fille aînée... Averil ? Elle, moins que toute autre. *Elle fait marcher* (expression ignoble !) *le docteur du sana...* Le docteur Cargill ? Cet éminent spécialiste, rendu célèbre par son traitement de la tuberculose, un homme d'au moins vingt ans l'aîné d'Averil, un homme dont la charmante épouse était infirme !

Quelle sottise ! Quelle horrible plaisanterie !

Et, à ce moment, Averil entra et demanda, avec une curiosité légère, car Averil ne se troublait de rien :

— Vous avez une contrariété, mère ?

Sans lâcher la lettre, les doigts tremblants, Joan eut à peine la force de répondre :

— Je ne crois pas devoir t'en parler, Averil. C'est tellement, tellement abject !

Étonnée par cette voix chevrotante, Averil haussa ses délicats sourcils :

— C'est cette lettre qui vous trouble ?

— Oui.

— Elle me concerne ?

— Je ne veux pas te la montrer, chérie.

Mais Averil s'approcha et la lui arracha posément.

Elle la lut, resta un instant immobile, puis la lui rendit en disant, sur un ton réfléchi, détaché :

— Oui, ce n'est pas joli-joli.

— Pas joli ? C'est dégoûtant, absolument dégoûtant ! La loi devrait punir ceux qui profèrent de tels mensonges.

Averil ajouta, sans se départir de son calme :

— C'est une lettre idiote, mais ce n'est pas un mensonge.

Tout se mit à tourner autour de Joan. Elle fut prise d'un vertige et, suffoquée, gémit :

— Que veux-tu dire ? Que dois-je comprendre ?

— Ce n'est pas la peine d'en faire une histoire, mère. Je regrette que vous l'ayez appris de cette façon, mais vous étiez appelée à le savoir un jour ou l'autre.

— Veux-tu dire que c'est vrai ? Qu'entre toi et le docteur Cargill...

— Oui, affirma Averil avec un simple hochement de tête.

— Mais c'est du vice ! C'est un déshonneur ! Un homme de cet âge, un homme marié... et une jeune fille comme toi...

Averil se rebiffa.

— Je vous en prie, ne voyez pas là un mélo, un fait divers de petite ville ! Cela n'a aucun rapport. C'est arrivé petit à petit. La femme de Rupert est infirme depuis des années. Alors... alors une grande intimité s'est formée entre lui et moi. Voilà tout.

— Voilà tout ! C'est trop fort !

Suffoquée de rage, Joan cracha jusqu'au fond de sa pensée. Averil subit le torrent de reproches sans broncher, en se bornant à hausser les épaules.

À la fin, comme Joan était à bout de souffle, Averil rétorqua :

— J'admets parfaitement votre point de vue, mère. Il me semble que je protesterais de même à votre place — bien que je n'eusse probablement pas fait le même genre de reproches. Mais vous n'empêcherez rien. C'est un fait, Rupert et moi nous nous aimons et, bien que je regrette de vous faire de la peine, je vous dis sincèrement que vous n'y changerez rien.

— Je n'y changerai rien ? J'en parlerai à ton père — dès ce soir.

— Pauvre père ! Croyez-vous réellement nécessaire de lui donner ce souci ?

— Je suis certaine qu'il connaîtra le bon moyen d'y remédier !

— Je vous assure qu'il n'y peut rien — et cela ne fera que le tracasser horriblement.

Cette scène avait marqué le début d'une période véritablement orageuse.

Averil, le nœud du drame, était restée sereine et apparemment imperturbable, mais absolument inflexible.

Joan ne cessait de répéter à son mari :

— Je ne démordrai pas de l'idée que c'est de la comédie de la part d'Averil. On ne me fera jamais croire qu'elle soit le moins du monde passionnée.

Mais Rodney dodelinait de la tête.

— Vous ne comprenez pas Averil. Chez elle, ce sont moins les sens que le cœur et l'esprit qui s'émeuvent. Quand elle aime, elle aime si profondément que je doute de la voir y renoncer.

— Oh ! Rodney, je suis absolument certaine que vous vous trompez ! Après tout, je connais Averil mieux que vous. Je suis sa mère, n'oubliez pas !

— Cela ne veut pas dire que vous la compreniez tant soit peu. Averil a toujours atténué les traits saillants de son caractère par goût, — ou plutôt par nécessité. Ce qui lui tient le plus à cœur, elle le minimise en paroles.

— Il me semble que vous allez chercher vos explications bien loin !

Rodney avait lentement ajouté :

— Pourtant, vous pouvez me croire. Je ne me trompe pas : c'est vrai.

— Je ne peux m'empêcher de penser que vous exagérez ce qui n'est qu'un flirt de jeune fille sortant du pensionnat. Elle est flattée et se plaît à imaginer...

Rodney lui avait coupé la parole :

— Joan, ma chérie, n'essayez donc pas de vous rassurer en vous disant des choses que vous ne croyez pas vous-même ! La passion d'Averil pour le docteur Cargill est sérieuse.

— Eh bien ! c'est honteux à lui, absolument honteux !

— Oui, ce sera exactement l'opinion du monde. Mais, Joan, mettez-vous à la place du pauvre bougre : une femme infirme à vie et toute la passion, la beauté du jeune et généreux cœur d'Averil qui s'offrent à lui — toute l'ardeur, la fraîcheur d'une âme de jeune fille !

— Il a vingt ans de plus qu'Averil !

— Je sais, je sais. S'il avait dix ans de moins, la tentation ne serait pas aussi forte.

— Ce ne peut être qu'un sale individu.

Rodney avait soupiré.

— Détrompez-vous. C'est une belle nature, très humaine, un homme plein d'enthousiasme, plein d'amour pour sa profession, un homme qui a réalisé une tâche magnifique. Au surplus, qui a toujours été aux petits soins pour une femme impotente...

— Vous voudriez le faire passer pour un saint !

— Loin de là ! Pourtant la plupart des saints, Joan, ont eu leurs passions. Saints et saintes avaient du sang dans les veines... Non, Cargill est assez humain... assez humain pour tomber amoureux et souffrir. Assez humain probablement pour se faire du tort à lui-même en brisant sa carrière. Cela dépend...

— Cela dépend de quoi ?

— De notre fille, avait lentement répondu Rodney. De l'énergie qu'elle peut avoir, de sa lucidité.

Joan avait dit avec fermeté :

— Éloignons-la d'ici ! Que penseriez-vous de lui offrir une croisière... dans les pays nordiques, ou les îles de la Grèce... ou ailleurs ?

Et Rodney de sourire :

— Vous pensez au traitement appliqué à votre amie de pension : Blanche Haggard ? Il n'avait pas donné de fameux résultats, souvenez-vous.

— Craindriez-vous qu'Averil eût l'audace de débarquer dans un port étranger et de rentrer chez elle dare-dare ?

— Je craindrais surtout qu'Averil ne refusât de s'embarquer !

— Quel non-sens ! Nous saurions insister.

— Joan, ma chérie, essayez donc de considérer la réalité. Vous ne pouvez contraindre par la force une personne adulte. Vous ne pouvez ni enfermer Averil dans sa chambre, ni l'obliger à quitter Crayminster. Et, d'ailleurs, je m'y refuserais. Ces solutions ne sont que des palliatifs. Averil ne peut être influencée qu'au nom de ce qu'elle respecte.

— C'est-à-dire ?

— La réalité. La vérité.

— Pourquoi n'iriez-vous pas voir Rupert Cargill ? Vous pourriez le menacer, lui dépeindre le scandale...

Rodney avait de nouveau poussé un soupir.

— J'ai peur, terriblement peur de précipiter les événements.

— Que craignez-vous ?

— Que Cargill ne fasse un coup de tête et qu'ils ne filent ensemble.

— Ne serait-ce pas briser définitivement sa carrière ?

— Sans aucun doute. Je ne pense pas qu'une fugue pût lui être reprochée au point de vue professionnel, mais elle lui aliénerait complètement l'opinion publique, vu sa situation.

— Alors, certainement, s'il raisonne...

Rodney avait dit avec impatience :

— Il n'a pas toute sa raison, en ce moment. Ne comprenez-vous rien de rien à l'amour, Joan ?

Ce qui était une question ridicule ! Elle avait répondu amèrement :

— Pas à cette sorte d'amour — et je m'en flatte !

Alors, Rodney l'avait clouée de surprise : il avait souri, lui avait dit avec une grande douceur : « Pauvre petite Joan ! », l'avait embrassée et s'était tranquillement retiré.

Comme il était bon, pensait-elle, de comprendre combien cette malheureuse histoire la faisait souffrir !

Car elle était vraiment passée par de grandes inquiétudes. Averil se confinait dans le mutisme, ne parlait à personne, parfois même ne répondait pas quand sa mère lui adressait la parole.

« Je fais de mon mieux, pensait Joan, mais comment chapitrer une fille qui ne vous écoute même pas ? »

Pâle, infiniment lasse et avec une politesse de convention, Averil lui disait :

— Vraiment, mère, est-il bien nécessaire que nous nous acharnions dans ces discussions sans fin ? J'admets parfaitement vos arguments, mais ne vous rendrez-vous jamais à l'évidence ? Vous aurez beau faire et beau dire, vous n'y changerez strictement rien !

Telle avait été l'atmosphère jusqu'à ce jour de septembre où Averil, un peu plus blême que d'habitude, annonça à ses parents :

— Rupert et moi n'avons plus le courage d'en rester là. Nous partons ensemble. J'espère que sa femme acceptera le divorce. Mais si elle refuse, nous nous en passerons.

Joan se lança dans une énergique protestation, mais Rodney lui imposa silence.

— Laissez-moi faire, Joan, voulez-vous ? Averil, j'ai un mot à te dire. Viens dans mon bureau.

Averil esquissa un pâle sourire.

— Chez le juge suprême, père, n'est-ce pas ?

Joan protesta.

— Je suis la mère d'Averil ! J'insiste...

— Je vous en prie, Joan. Je veux parler à votre fille en tête à tête. Soyez assez bonne pour nous laisser.

Frappée par ce ton de calme autorité, Joan fit un pas pour sortir de la pièce ; mais la voix grave et claire d'Averil l'arrêta.

— Ne vous retirez pas, mère. Je veux que vous restiez. Ce que père me dira, je voudrais que vous l'entendiez.

Eh bien ! cela prouvait en tout cas, avait pensé Joan, que son prestige de mère était reconnu.

Avec quel air bizarre Averil et son père s'étaient affrontés ! D'une façon belliqueuse, inamicale, en se jaugeant du coin de l'œil, comme deux adversaires sur le terrain.

Puis Rodney, avec un demi-sourire, déclara :

— Je vois : tu as très peur !

Averil répondit, d'un ton calme où perçait légèrement la surprise :

— Je ne comprends pas à quoi vous faites allusion, père.

Rodney s'écria subitement :

— Quel malheur que tu ne sois pas un homme, Averil ! Par moments, tu as la roublardise, l'astuce de ton grand-oncle Henry. Il s'entendait comme personne à camoufler son point faible, pour mettre à nu celui de son adversaire.

Averil s'empressa de riposter :

— Mon cas ne présente aucun point faible.

Et Rodney de répliquer avec décision :

— Je vais te prouver que tu te trompes.

Alors, Joan s'était lancée :

— Voyons, tu ne peux pas te permettre une conduite aussi scandaleuse et folle, Averil ! Ton père et moi ne l'admettrions pas.

Pour toute réponse, Averil avait esquissé un sourire et porté son regard, non pas vers sa mère, mais vers son père, comme pour lui soumettre l'exclamation de Joan.

Rodney insista :

— Je vous en prie, Joan, laissez-moi la direction de la manœuvre.

— À mon avis, reprit Averil, mère est parfaitement en droit de dire tout ce qu'elle pense.

— Merci, Averil ! dit Joan. Je te parlerai donc franchement. Ma chère petite, je veux t'ouvrir les yeux, te dire que ton idée est proprement discutable. Tu es jeune, romanesque, tu vois la vie sous un faux jour. Ce que tu ferais maintenant sous le coup d'une impulsion, tu le regretterais amèrement un jour. Et pense à la tristesse que tu causerais à ton père et à moi ! As-tu considéré cet argument ? Je suis sûre que tu ne voudrais pas nous peiner, nous qui t'avons toujours entourée d'une si grande tendresse !...

Averil écouta docilement, sans répondre, sans lâcher du regard le visage de son père.

Lorsque Joan eut fini, Averil avait encore les yeux rivés sur Rodney. Et un petit sourire sardonique se dessina sur ses lèvres.

— Eh bien, père, dit-elle, qu'ajoutez-vous à ce couplet ?

— Rien, répondit-il, mais j'ai une question à te poser.

Averil l'interrogea du regard.

— Averil, demanda Rodney, comprends-tu exactement ce que représente le mariage ?

Averil arrondit légèrement les yeux, et marqua un temps d'arrêt avant de répondre :

— Allez-vous me rappeler que c'est un sacrement ?

— Non, répliqua Rodney. Moi, je peux le considérer comme tel, ou sous un autre angle. Ce que je veux te faire comprendre, c'est que le mariage est un contrat.

— Oh ! dit Averil, un peu — à peine un peu — interloquée.

— Le mariage, reprit Rodney, est un contrat établi entre deux êtres d'âge adulte, en pleine possession de leurs facultés mentales et ayant entière connaissance de ce à quoi ils s'exposent. C'est l'acte qui officialise une union. Les deux parties en cause s'engagent publiquement à respecter les termes de ce contrat, c'est-à-dire à soutenir leur conjoint en toutes circonstances, dans la maladie comme dans la bonne santé, dans la richesse et la pauvreté, dans les bons comme dans les mauvais jours. Parce que ces formules sont proférées à l'église, avec le témoignage et la bénédiction d'un prêtre, elles n'en constituent pas moins un contrat comme un autre, comme tout accord établi entre deux individus de bonne foi. Parce que certaines des obligations acceptées ne relèvent pas du tribunal, elles n'en lient pas moins les êtres qui les ont assumées. Je pense que tu reconnaîtras impartialement l'exactitude de mes dires.

Averil hésita un moment, puis répondit :

— Cela pouvait être exact autrefois, mais, aujourd'hui, le mariage est considéré avec une autre optique. Maintes et maintes personnes ne se marient pas à l'église et ne prononcent pas les mots du service religieux.

— Peut-être, mais, il y a dix-huit ans, Rupert Cargill s'est engagé en prononçant ces mots dans une église et je te défie de dénier qu'il ne les a pas, alors, proférés de bonne foi et avec l'intention de tenir sa parole.

» Veux-tu admettre, ajouta Rodney, qu'indépendamment de ce qui est du ressort de la justice, Rupert Cargill a signé un contrat avec celle qui est sa femme ? Il a envisagé, ce jour-là, les possibilités de la ruine, de la maladie, etc., et franchement spécifié qu'elles n'affecteraient pas la permanence de leur union.

Averil était devenue livide. Elle bredouilla :

— Je ne comprends pas où vous voulez en venir.

— Je veux t'entendre admettre qu'en dehors de toute question sentimentale et personnelle, le mariage est un contrat, comme celui qui engage un homme d'affaires. Veux-tu l'admettre, ou non ?

— Je l'admets.

— Et Rupert Cargill se dispose à rompre ce contrat ? Et tu es de connivence ?

— Oui.

— Sans égard pour les droits et privilèges légitimes de l'autre signataire du contrat ?

— Elle n'en souffrira pas ! Ce serait différent si elle était amoureuse de Rupert ; mais elle ne s'intéresse qu'à ses soins, à sa santé...

Rodney l'interrompit avec vivacité :

— Je ne te demande pas de commentaires personnels, Averil. Je veux une admission du fait.

— Ce ne sont pas des commentaires personnels.

— Si fait. Tu ne peux pas répondre des sentiments et des pensées de Mrs Cargill. Tu les forges à ta convenance. Tout ce que je te demande, c'est de reconnaître qu'elle a des droits.

Averil releva la tête :

— Bon. Elle a des droits.

— Tu vois donc en toute lucidité et connaissance de cause ce que tu fais ?

— Est-ce tout, père ?

— Non ! Il me reste un point à préciser. Tu reconnais, n'est-ce pas, que Cargill remplit un rôle salutaire et important, que son traitement de la tuberculose a remporté un succès tellement éclatant qu'il est devenu une éminente personnalité du monde médical ? Par ailleurs, tu sais que, malheureusement, la vie privée d'un homme peut affecter sa carrière. Autrement dit, l'œuvre de Cargill, le service qu'il rend à l'humanité seront gravement compromis, sinon anéantis, par ce que, tous deux, vous vous proposez de faire.

— Espérez-vous me persuader, avait dit Averil, qu'il est de mon devoir de renoncer à Rupert afin qu'il puisse continuer à servir l'humanité ?

Un soupçon de raillerie perçait dans sa voix.

— Non, dit Rodney. Je pense au malheureux Cargill... (Et, avec émotion :) Tu peux te fier à moi,

Averil. Un homme qui n'exerce pas son activité dans la voie qu'il souhaitait, dans celle qui est conforme à ses tendances, cet homme-là n'est qu'un pauvre type. Aussi vrai que je suis là pour te le dire, je t'affirme que si tu détournes Rupert Cargill de sa carrière et l'empêches de poursuivre son œuvre, le jour viendra où tu seras déçue, où cet homme que tu aimes, tu le verras malheureux, frustré, vieillard avant l'âge, las et découragé, n'ayant plus aucun goût à vivre. Et si tu te figures que ton amour, ou celui d'une autre femme, peut l'en consoler, alors je te dis franchement que tu es une fichue petite dinde, avec un esprit romanesque de quatre sous.

Il se tut, renversé dans son fauteuil, et passa une main dans ses cheveux.

Averil marmonna :

— Vous me dites cela, mais comment savoir... ? (Elle s'arrêta brusquement et reprit :) Comment savoir...

— Si c'est la vérité ? Tout ce que je peux te dire, c'est que j'en ai la conviction et que cette conviction est le fruit de mon expérience personnelle. Je te parle, Averil, en homme autant qu'en père.

— Oui, soupira Averil. Je vois...

Rodney conclut, d'une voix lasse, d'une voix lourde :

— Il t'appartient, Averil, d'examiner ce que je t'ai dit et de l'accepter, ou de passer outre. Je te crois armée de suffisamment de courage et de lucidité.

Averil s'approcha lentement de la porte. La main sur la poignée, elle s'arrêta et détourna la tête. Joan fut saisie par son ton amer et rancunier :

— Ne vous attendez pas à ce que j'éprouve jamais de reconnaissance envers vous, père. Je vous... je vous déteste !

Elle sortit en fermant brusquement la porte.

Joan fit un mouvement pour la suivre, mais Rodney la retint d'un geste.

— Laissez-la seule, dit-il. Laissez-la méditer. Ne comprenez-vous pas ? Nous avons gagné.

8

À la réflexion, cette scène avait marqué la fin de l'histoire.

Dès lors, Averil s'était cantonnée dans le silence, ne répondant que par monosyllabes lorsqu'on lui adressait la parole et n'ouvrant pas la bouche quand elle pouvait s'en dispenser.

Et, un mois plus tard, elle avait exprimé le désir de s'installer à Londres pour faire des études de secrétariat.

Rodney avait accepté d'emblée. Averil les avait quittés sans manifester aucune tristesse au moment de la séparation.

Quand elle était revenue en vacances, au bout de trois mois, elle avait retrouvé ses manières habituelles et donnait l'impression d'avoir profité des distractions de Londres.

Joan en fut soulagée et elle exprima son contentement à Rodney.

— Averil paraît avoir complètement oublié cette histoire. Je pensais bien que ce ne serait pas sérieux. Il ne s'agissait, en somme, que d'une de ces stupides amourettes de jeunesse...

Rodney l'avait regardée, avait souri, puis murmuré :

— Pauvre petite Joan !

Cette façon d'être prise en pitié la déroutait toujours.

— Vous devez reconnaître que j'étais bien tourmentée quand elle avait cette idée en tête !

— Oui, avait répondu Rodney. Certainement. Mais la victime, ce n'était pas vous, n'est-ce pas, Joan ?

— Comment pouvez-vous dire cela ? Tout ce qui affecte les enfants m'atteint, moi, beaucoup plus qu'eux-mêmes.

— Vraiment ? avait dit Rodney. Je me demande...

Joan se rappelait qu'en effet Averil et son père paraissaient en froid. Eux qui avaient toujours eu si grande confiance l'un en l'autre, n'échangeaient plus que des formules de politesse. Au contraire, Averil avait été tout à fait affectueuse — à sa manière froide et distante — avec sa mère.

« J'imagine, s'était dit Joan, qu'elle m'apprécie davantage depuis qu'elle vit loin du foyer. »

Elle-même était enchantée par les séjours d'Averil. Le solide bon sens de la jeune fille semblait faciliter la vie de famille. D'autant plus que Barbara, en grandissant, se révélait difficile.

Joan commençait à se désoler sérieusement des amitiés de sa benjamine, qui ne témoignait d'aucun jugement. Crayminster ne manquait pas de filles charmantes, mais Barbara, par pure perversité semblait-il, refusait de se lier avec elles.

— Elles sont atrocement insipides, mère !

— Tu te trompes, Barbara. Je suis sûre que Mary, comme Alison, est très gentille, très gaie.

— Elles portent des résilles !

Joan l'avait regardée, ahurie.

— Tu es folle ! Qu'est-ce que cela peut faire ?

— C'est un symbole.

— Tu dis des idioties, chérie. Et Pamela ? Sa mère était une de mes grandes amies. Pourquoi ne la vois-tu pas plus souvent ?

— Oh ! mère ! elle m'ennuie à mourir. Je vous assure qu'elle ne me plaît pas du tout.

— Eh bien ! moi, je considère que ce sont des filles très bien.

— Oui. Très bien et assommantes. Qu'est-ce que ça me fait que, vous, vous les trouviez gentilles ?

— Tu es trop grossière, Barbara.

— Bon, mais ne vous occupez pas de mes amies. C'est mon goût personnel qui compte. J'aime Betty Earle et Primrose Deane. Si elles vous déplaisent, pourquoi tournicotez-vous tout le temps autour de nous quand elles viennent goûter ?

— Eh bien, chérie, j'ai franchement peur de ces fréquentations. Le père de Betty est chauffeur de cars et il a un accent effroyable.

— Mais il gagne beaucoup d'argent.

— L'argent n'est pas tout, Barbara !

— Enfin, mère, ai-je le droit de choisir mes amies, oui ou non ?

— Bien sûr, Barbara, mais tu dois me laisser te guider. Tu es encore très jeune.

— Autant dire que je ne suis pas libre ! J'en ai marre de ne rien pouvoir faire de ce qui me plaît ! C'est à se croire dans une prison !

À ce moment, Rodney était entré et avait dit :

— Où se croirait-on dans une prison ?

Barbara s'était écriée :

— Ici !

Au lieu de reprendre sérieusement sa fille, Rodney s'était borné à rire et à taquiner Barbara :

— Pauvre petite esclave !

— Oui, c'est ce que je suis.

— Tant mieux. L'esclavage est excellent pour les jeunes filles.

Barbara s'était alors jetée au cou de son père et, d'une voix entrecoupée, lui avait dit :

— Papa chéri ! Vous taquinez si gentiment ! On ne peut pas se fâcher avec vous !

Joan avait exprimé sa réprobation :

— J'ose espérer que...

Mais Rodney ne cessait de rire aux éclats et, lorsque Barbara les avait laissés seuls, il avait dit :

— Ne prenez pas ces boutades au tragique, Joan. Les petites demoiselles ont besoin de ruer de temps en temps dans les brancards.

— Mais ses amies ont si mauvais genre...

— Elle est dans une phase où l'on aime le scandale. Cela passera. Ne vous tracassez pas, Joan.

C'était très facile, avait pensé Joan avec indignation, de dire : « Ne vous tracassez pas ! » Que deviendraient-ils, tous, si elle ne se tracassait pas pour eux ? Rodney exagérait l'indulgence et ne pouvait imaginer les tourments d'une mère.

Et pourtant, si elle s'inquiétait de voir Barbara si mal choisir ses amies, ce n'était rien en comparaison de son anxiété au sujet des garçons qui plaisaient à sa benjamine.

George Harmon, par exemple — et le jeune Wilmore, sur lequel il y avait tant à redire, car ce garçon avait contre lui, non seulement le fait de travailler à l'étude rivale — qui acceptait la clientèle la plus douteuse —, mais un genre voyant et un goût trop prononcé pour les courses et le vin. Or c'est en sa compagnie que Barbara avait disparu du salon de la mairie, au cours de la fête de bienfaisance donnée le jour de Noël. L'orchestre avait joué cinq danses avant qu'elle ne réapparût ! Et elle avait alors jeté un clin d'œil coupable mais effronté, vers l'endroit où Joan était assise.

Ils avaient, paraît-il, passé tout ce temps-là sur le toit, audace que se permettaient seules les jeunes filles très lancées — Joan l'avait dit à Barbara, qui avait violemment réagi.

— Ne soyez pas si vieux jeu, mère ! Ces principes-là sont démodés !

— Je ne suis pas du tout vieux jeu. Et permets-moi de te dire, Barbara, que bien des principes d'autrefois redeviennent à la mode. Les jeunes filles et les jeunes gens ne s'affichent pas ensemble, comme ils le faisaient il y a dix ans.

— On croirait vraiment, mère, que j'ai passé un week-end avec Tom Wilmore !

— Ne me parle pas sur ce ton, Barbara ! Je ne l'admets pas. Et on t'a vue au bar *Dog and Duck* avec George Harmon.

— Oh ! Nous n'y avons fait qu'un tour !

— Eh bien ! tu es beaucoup trop jeune pour aller dans ces endroits-là. Je n'approuve pas du tout l'habitude qu'ont à présent les jeunes filles de boire de l'alcool.

— Je n'ai bu que de la bière. Nous avions envie de faire une partie de billard.

— Oui ? Eh bien ! je n'aime pas cela, Barbara ! Et, qui plus est, je te l'interdis. George Harmon ne me plaît pas. Tom Wilmore, pas davantage. Par conséquent, je ne veux plus les voir à la maison. Est-ce compris ?

— Entendu, mère. C'est votre droit.

— D'ailleurs, je ne vois pas ce que tu leur trouves d'attrayant !

Barbara avait haussé les épaules :

— Oh ! je ne sais pas, mais ils m'amusent.

— Soit, mais je ne veux pas qu'ils mettent les pieds ici. C'est entendu ?

Après cela, Joan avait été bien contrariée lorsque Rodney avait amené le petit Harmon à dîner, un dimanche soir. Quelle faiblesse de sa part ! s'était-elle dit. Elle-même avait pris son abord le plus glacial, ce dont le jeune homme avait paru décontenancé, en dépit de la cordialité de Rodney et de ses efforts pour mettre le garçon à son aise. Tour à tour, George Harmon avait parlé trop fort et balbutié, fanfaronné ou joué un rôle exagérément humble.

À la fin de la soirée, seule avec Rodney, Joan lui avait fait d'aigres reproches :

— Vous savez pourtant que je ne voulais pas le recevoir et que je l'avais dit à Barbara ?

— Oui, Joan, mais c'était une erreur. Barbara n'a guère de discernement. Elle croit les gens qui se vantent et prend facilement des vessies pour des lanternes. Or, quand elle voit ses amis en terrain étranger, elle perd la notion d'elle-même. C'est pourquoi il lui est salutaire de les fréquenter dans son milieu. Elle considère le petit Harmon comme un garçon dangereux et séduisant, alors qu'il n'est, en réalité, qu'un freluquet plein de lui-même, ayant des propensions à l'ivrognerie et n'ayant jamais été capable de gagner sa vie.

— J'aurais pu le lui dire !

Rodney avait répondu en souriant :

— Oh ! Joan chérie, rien de ce que nous dirons, vous ou moi, n'influencera jamais la jeune génération.

Vérité dont Joan prit conscience lors d'un des séjours d'Averil.

Cette fois, l'invité était Tom Wilmore. Démonté par l'air distant et l'examen désapprobateur d'Averil, Tom ne s'était pas montré à son avantage. Par la suite, Joan avait capté des bribes de conversation entre les deux sœurs.

— Il ne te plaît pas, Averil ?

Et Averil, haussant les épaules avec dédain, avait vertement répliqué :

— Je le trouve ridicule. Tu as vraiment trop mauvais goût pour choisir tes amis, Barbara.

Dès lors, Tom avait disparu et l'inconstante Barbara de murmurer, un jour :

— Tom Wilmore ? Oh ! mais il est ridicule !

Avec une conviction profonde.

Là-dessus, Joan s'était mise à recevoir, à faire jouer au tennis chez elle ; mais Barbara refusait catégoriquement de paraître.

— Ne vous agitez donc pas ainsi, mère ! Vous vous ingéniez sans cesse à me trouver des relations, mais je déteste le monde — surtout les gens si ennuyeux que vous recherchez.

Offusquée, Joan avait déclaré aigrement qu'elle renonçait à distraire Barbara.

— Je me demande vraiment ce que tu veux.

— Je veux qu'on me fiche la paix.

C'était décidément une enfant terrible, avait dit Joan à Rodney avec ressentiment. Il en avait convenu, en fronçant quelque peu les sourcils.

— Si elle me disait simplement quelles sont les distractions qui lui plaisent... avait repris Joan.

— Elle n'en sait rien elle-même. Elle est trop jeune, Joan.

— C'est précisément pourquoi il faut que l'on décide pour elle.

— Non, ma chérie. Elle découvrira elle-même sa voie. Laissez-la faire. Laissez-la inviter les amies de son choix quand elle en aura envie. Mais ne soyez pas l'organisatrice de ses plaisirs. C'est ce qui semble rebiffer la jeunesse.

Voilà bien les hommes ! avait pensé Joan avec une certaine exaspération. Toujours d'avis de laisser faire et rester dans les coulisses. Pauvre cher Rodney ! Il était toujours resté dans les coulisses, elle s'en apercevait maintenant, avec un peu de réflexion. C'est elle qui avait toujours pris les décisions pratiques. Et pourtant il passait pour un homme plein de dynamisme.

Joan évoqua le jour où Rodney avait lu, dans le journal local, la nouvelle des fiançailles de George Harmon avec Primrose Dean. Il avait ajouté, en faisant un sourire taquin :

— Un de tes soupirants d'autrefois, hé, Babs ?

Barbara avait pouffé de rire et paru enchantée de ce mariage.

— J'avoue que j'en étais toquée. Mais il est ridicule, n'est-ce pas ? Du moins, c'est mon avis.

— Je l'ai toujours trouvé tout ce qu'il y a de moins séduisant. Je n'ai jamais compris quel charme tu lui voyais...

— Je ne le comprends plus moi-même, avait dit Barbara, entièrement détachée de ses folies de l'année précédente. Mais, voyez-vous, papa, je me croyais amoureuse de lui. Je pensais que mère voulait m'empêcher de le voir et cela me donnait envie de m'enfuir avec lui. Et si mère nous avait empêchés, j'étais décidée à mettre ma tête dans le four à gaz. Je n'aurais pas eu peur de me suicider !

— Ah ! Ah ! la passion contrariée... Roméo et Juliette !

— Je l'aurais fait, papa ! Toute réflexion faite, quand l'existence vous paraît intolérable, il n'y a qu'à se tuer.

Là, incapable de se contenir davantage, Joan était intervenue avec vivacité :

— Ne dis pas de ces horreurs, Barbara ! Tu ne comprends pas ce que tu dis !

— Je regrette que vous m'ayez entendue, mère. Évidemment, vous, vous n'auriez jamais fait une chose pareille. Vous resterez toujours calme et raisonnable, en toutes circonstances.

— J'ose l'espérer, je dois le dire.

Joan dut faire un effort pour se dominer. Puis, après le départ de Barbara, elle déclara à Rodney :

— Vous ne devriez pas encourager cette petite quand elle se montre tellement sotte !

— Oh ! il vaut mieux qu'elle raconte ce qui lui trotte dans la tête.

— Je sais bien qu'elle n'aurait jamais fait cette horrible chose.

Rodney était resté muet. Joan l'avait regardé, un peu surprise de ce mutisme.

— Vous ne pensez pas ?...

— Non, non, certainement pas. Elle en reviendra quand elle aura vieilli et trouvé son équilibre. En attendant, elle est très instable, très émotive, Joan. Il ne faut pas se le dissimuler.

— Ses emballements me paraissent ridicules !

— À moi aussi, parce que nous avons le sens de la mesure ; mais elle n'en est pas là. Elle prend toutes ses amourettes au sérieux et ne voit rien au-delà de sa lubie du moment. Elle n'a pas encore l'esprit critique, le raisonnement des personnes mûres. Et, sexuellement, elle est précoce...

— Oh ! Rodney ! Ne jugez pas votre fille comme un de ces horribles cas qui se débattent au tribunal !

— Ces horribles cas qui se débattent au tribunal concernent des êtres humains, rappelez-vous.

— Oui, mais de gentilles jeunes filles, bien élevées comme l'a été Barbara, ne peuvent pas...

— Ne peuvent pas quoi, Joan ?

— Est-il bien nécessaire que nous ergotions là-dessus ?

Rodney avait soupiré :

— Non, bien sûr que non. Mais je souhaite... ah ! oui, vraiment je souhaite que Barbara rencontre un brave et honnête homme et en soit amoureuse pour de bon.

La tournure des événements sembla réaliser ce souhait : le jeune William Wray revint d'Irak en Grande-Bretagne pour faire un séjour chez sa tante, lady Herriot. Il y résidait depuis quelques jours lorsque Joan, en train d'écrire des lettres, au salon, l'avait vu entrer. Barbara était sortie. Derrière son bureau, Joan avait levé la tête, fort étonnée par ce grand garçon, solidement charpenté, au menton énergique, au teint frais et dont les yeux bleus vous regardaient bien en face.

Rougissant jusqu'au col, il s'était présenté et avait bafouillé qu'il venait... qu'il venait rendre la raquette que miss Scudamore avait laissée la veille, au tennis. Joan, revenue de sa surprise, lui avait fait bon accueil.

Barbara était tellement distraite ! Elle oubliait ses affaires dans tous les coins. Elle était sortie pour l'instant, mais ne tarderait sans doute pas à rentrer. Et Joan avait invité Mr Wray à l'attendre en acceptant une tasse de thé.

Comme il ne paraissait pas hostile à cette proposition, Joan avait sonné pour demander le thé et s'était enquise de lady Herriot.

La santé de cette dernière les avait occupés cinq minutes environ, puis l'entrain s'était ralenti. Mr Wray n'était pas très loquace. Son teint, d'un rose soutenu, tirait franchement sur le rouge ; il était piqué sur sa chaise et paraissait en quelque sorte à la torture. Le thé avait été servi fort à propos pour créer une diversion.

Joan faisait tous les frais de la conversation, au prix de quelques efforts, lorsqu'à son grand soulagement Rodney est entré, ayant quitté l'étude un peu plus tôt que d'habitude. Il a su ranimer l'entretien en évoquant l'Irak. Après quelques questions judicieuses, le jeune homme, mis en verve, a perdu peu à peu son air douloureusement paralysé. Bientôt même, il sembla parler à cœur ouvert. Finalement, Rodney l'a entraîné dans son bureau. Et il était près de 7 heures lorsque Bill Wray, semble-t-il à contrecœur, a pris congé.

— Charmant garçon, a dit Rodney.

— Oui, tout à fait charmant. Un peu timide.

— Oui, mais il sait ce qu'il veut ! (Rodney paraissait tout joyeux.) Je ne pense pas qu'il soit aussi gelé que cela, d'habitude.

— Quelle longue visite il nous a faite !

— Il est resté plus de deux heures...

— Il a dû vous fatiguer terriblement, Rodney.

— Tout au contraire, il m'a charmé. Ce garçon-là est doué d'une belle intelligence, qui lui permet de prendre une claire vision du monde. Il a une bonne dose de philosophie — et du caractère, autant que du jugement. Oui, il m'a beaucoup plu.

— Vous avez dû lui plaire aussi, pour qu'il soit resté si longtemps !

Rodney avait repris son expression joyeuse.

— Oh ! s'il s'est incrusté, ce n'était pas pour moi. Il attendait que Barbara rentre. Voyons, Joan, ne reconnaissez-vous pas les symptômes de l'amour, même quand ils crèvent les yeux ? Le pauvre type était paralysé, l'embarras le rendait godiche. Voilà pourquoi vous l'avez vu rouge comme une pivoine. Il a dû faire un grand effort pour se décider à venir ici. Et, une fois dans la place, il a manqué sa belle ! Oui, l'amour le possède, c'est clair comme le jour.

Au retour de Barbara, comme toujours en coup de vent, juste au moment de se mettre à table, Joan lui dit :

— Nous avons reçu la visite d'un de tes flirts, Barbara : le neveu de lady Herriot. Il a rapporté ta raquette.

— Tiens ! Bill Wray ? Comment a-t-il pu la trouver ? Nous l'avions tous cherchée en vain l'autre soir.

— Il t'a longtemps attendue, a ajouté Joan.

— Oh ! je regrette... J'étais au cinéma avec les Crabbes. Nous avons vu un film absolument stupide. Oui, je regrette de l'avoir manqué ! Vous a-t-il ennuyés ?

— Non, a répondu Rodney. Je l'ai trouvé très sympathique. Nous avons parlé de la politique en Proche-Orient. Toi, tu te serais ennuyée, je présume.

— Au contraire ! J'aime savoir ce qui se passe dans ces pays lointains. J'ai tellement envie de voir du nouveau ! On finit par s'engourdir à Crayminster. Et puis, Bill est bien plus intéressant que les autres...

— Prends donc un métier, si tu t'ennuies à Crayminster, avait suggéré Rodney.

— Oh ! jamais de la vie ! a protesté Barbara avec une moue. Vous savez, papa, je suis atrocement paresseuse. Je n'ai aucune envie de travailler.

— Nous en sommes presque tous là, je crois ! a dit Rodney.

Barbara s'est élancée vers lui, l'a pris dans ses bras et câliné.

— Vous, vous travaillez beaucoup trop, je l'ai toujours dit. C'est un scandale !

Puis, relâchant son étreinte, elle a déclaré :

— Je vais appeler Bill au téléphone. Il a parlé d'un vague projet d'excursion à Marsden...

Rodney l'a suivie du regard jusqu'à ce qu'elle eût atteint le téléphone, au fond du vestibule, et ce regard était étrange, intrigué, perplexe.

Rodney a apprécié Bill Wray — oui, indéniablement, il l'a estimé dès le début. Pourquoi donc alors cet air tellement tourmenté, tellement anxieux quand Barbara leur a apporté la nouvelle de ses fiançailles avec Bill comme un coup de tonnerre, ajoutant qu'ils avaient décidé de se marier tout de suite, pour qu'elle puisse l'accompagner quand il repartirait pour Bagdad ?

Bill était jeune, d'une très bonne famille, à la tête d'une belle fortune personnelle, avec de beaux espoirs d'avenir. Pourquoi donc, alors, Rodney a-t-il montré de la réticence et demandé une prolongation des fiançailles ? Pourquoi donc a-t-il fait la grimace et paru hésitant, incertain ?

Et, juste avant le mariage, pourquoi cette explosion soudaine, cette insistance sur la trop grande jeunesse de Barbara ?

Mais, bravant l'opposition paternelle, Barbara s'est mariée.

Six mois après le départ du jeune ménage pour Bagdad, Averil, à son tour, a annoncé son mariage avec un agent de change, Edward Harrison-Wilmott, un homme d'environ 35 ans, posé, disert et pourvu de solides ressources financières.

Ainsi, tout semble s'arranger à merveille, a pensé Joan. À vrai dire, Rodney n'a pas eu l'air davantage enchanté par le mariage d'Averil. Comme Joan le pressait de donner son avis, il s'est contenté de dire :

— On ne pouvait pas espérer de meilleure solution. Edward est un excellent homme.

À la suite du mariage d'Averil, Joan et Rodney se sont donc retrouvés seuls, en tête à tête.

En effet, Tony, après avoir subi un échec aux examens de fin d'études de son école d'agriculture — ce qui a donné à ses parents de sérieuses inquiétudes pour son avenir —, est finalement parti pour la Rhodésie où, grâce à un client de Rodney, il exploite une vaste plantation d'orangers. Il envoie à ses parents des lettres enthousiastes, bien qu'assez laconiques. Un beau jour, il a écrit pour annoncer son mariage avec une jeune fille de Durban. Cette nouvelle a affolé Joan : son fils, épouser une inconnue ! De plus, elle n'avait pas de fortune. Et quels renseignements pouvait-on recueillir sur elle ? Strictement aucun !

Rodney l'a rassurée : Tony est seul en cause et il faut lui faire confiance. D'après ses photos et ses lettres, sa fiancée paraissait être jolie fille et capable de le seconder, ce qui faciliterait ses débuts en Rhodésie.

— Mais, a repris Joan, présume qu'ils se fixent là-bas pour toujours et ne reviendront pour ainsi dire jamais par ici ! Il aurait fallu forcer Tony à entrer à l'étude ! Je l'avais bien dit — et quand il en était encore temps...

Rodney a souri en affirmant que l'on n'obtenait rien de bon des êtres par la contrainte.

— Soit, mais sincèrement, Rodney, vous auriez dû insister ! Vos arguments auraient fini par le convaincre. C'est toujours ce qui se produit.

Oui, a dit Rodney, c'était exact. Mais, d'après lui, cela représentait un trop grand risque. Un trop grand risque ? Joan avouait ne pas comprendre. Qu'entendait-il par là ? Rodney a précisé : c'était risquer que leur fils ne fût pas heureux.

Joan a répliqué qu'elle était parfois tentée de s'énerver à toujours entendre mettre le bonheur en avant. Fallait-il se laisser obséder par cette recherche ? Le bonheur n'était pas le seul but de la vie ! Il en existait d'autres — et bien plus importants.

— Lesquels ? a demandé Rodney.

— Eh bien ! a dit Joan après une courte hésitation, le devoir, par exemple.

Rodney a affirmé que nul ne pouvait se faire un devoir d'entrer dans une étude.

Un peu agacée, Joan a riposté qu'il savait parfaitement ce qu'elle voulait dire. Tony avait le devoir de succéder à son père et de lui éviter cette déception.

— Tony ne m'a pas déçu, a dit Rodney.

Voyons ! s'est écriée Joan. Rodney n'était sûrement pas content de savoir son fils à l'autre bout du monde, fixé sur un point de la planète où ils ne pourraient jamais le voir.

— Non, a soupiré Rodney. Je dois avouer que Tony me manque beaucoup. Il était si gai, si primesautier... Il ensoleillait la maison. Oui, je le regrette...

— Je le pensais bien. Vous auriez dû montrer plus de fermeté !

— Mais, somme toute, Joan, il s'agit de l'existence de Tony, non de la nôtre ! La nôtre est achevée, terminée — réussie ou ratée... au point de vue activité, s'entend.

— Oui... ou, du moins... en partie. (Joan a réfléchi une minute, puis ajouté :) Au total, elle aura été délicieuse. Elle l'est encore, d'ailleurs.

— Je suis heureux de vous l'entendre dire.

Et là-dessus il lui a souri, de ce sourire plein de bonté et pourtant quelque peu taquin. Il semblait parfois sourire à une pensée qu'il gardait pour lui-même.

— Il faut reconnaître, a repris Joan, que nous nous entendons parfaitement, vous et moi.

— Oui. Nous ne nous sommes pas souvent disputés.

— Et nous n'avons qu'à nous féliciter de nos enfants. Quel chagrin nous aurions éprouvé s'ils avaient mal tourné, ou été malheureux, par exemple !

— Vous m'amusez, Joan ! a dit Rodney.

— Mais, voyons, Rodney, c'eût été une horrible épreuve !

— Je crois que rien ne pourrait vous éprouver longtemps, Joan.

— Ah ! (Elle a considéré la question.) Évidemment, j'ai l'humeur égale, le caractère très bien équilibré. J'estime qu'il est du devoir de chacun, vous savez, de ne pas laisser les événements vous dominer.

— Quel principe admirable et pratique !

— N'est-ce pas réconfortant, a dit Joan en souriant, de constater le succès de sa tâche ?

Rodney a soupiré :

— Oui... oui... Ce doit être bien agréable.

Joan s'est esclaffée et, mettant la main sur le bras de son mari, a fait mine de le secouer.

— Ne soyez pas tellement modeste, Rodney ! Pas un avoué de la région n'a plus de clientèle que vous. Vous gagnez beaucoup plus que l'oncle Henry.

— Oui, l'étude est prospère.

— Et votre associé en accroît le capital. Regrettez-vous d'avoir un tiers ?

Rodney a hoché la tête.

— Oh ! non ! nous avons besoin de sang jeune. Alderman et moi, nous vieillissons.

Effectivement, a-t-elle constaté, les cheveux noirs de Rodney se teintent fortement de gris.

Joan se leva et regarda sa montre.

La matinée s'écoulait relativement vite et sans le retour de ces pensées déprimantes, incohérentes, qui s'étaient imposées à elle si mal à propos.

Eh bien ! Cela prouvait, s'il en était besoin, que le premier des commandements était la discipline. Il fallait canaliser ses souvenirs suivant un certain ordre et accueillir seulement ceux qui étaient agréables et réconfortants. C'était ce qu'elle avait fait, ce matin, et au total, la matinée s'était très bien passée. Dans une heure et demie environ, il serait temps de déjeuner. Peut-être devrait-elle sortir pour faire un petit tour, en prenant garde de rester à proximité du relais. Cela lui ouvrirait l'appétit avant qu'elle ne s'attable devant un de ces horribles repas, si indigestes ! Elle passa dans sa chambre, mit son chapeau de feutre et sortit.

Le petit Arabe était agenouillé sur le sable, la tête tournée vers La Mecque. Il se prosternait et se redressait, parlant tout haut, d'une voix gutturale.

L'Hindou, arrivant à pas feutrés derrière Joan, vint lui dire à l'oreille :

— Lui, faire prière du matin.

Joan approuva de la tête. Le renseignement était superflu. Elle voyait bien toute seule ce que faisait le gamin.

— Lui dire : Allah est grand ! Allah plein de miséricorde.

— Je sais, dit Joan.

Et elle partit à pas lents vers l'agglomération de barbelés qui indiquaient la gare.

Elle se rappela le jour où elle avait vu un groupe de six ou sept Arabes essayant de désensabler une vieille Ford en ruine, tirant et poussant chacun pour soi, en tous sens. Son gendre, William, lui avait expliqué qu'en plus de leurs efforts méritoires, mais stériles, ils répétaient avec ferveur : « Allah est grand ! »

Le secours d'Allah leur serait sans doute bien nécessaire, s'était-elle dit, car il ne faudrait certainement pas moins qu'un miracle pour dégager l'auto, si les hommes continuaient à tirer en sens inverse les uns des autres !

Le plus curieux était l'air de bonhomie confiante avec lequel ils disaient : « Inshallah ! Si Dieu le veut. » Et ils s'en tenaient là, sans chercher de meilleure méthode pour réussir.

Cette mentalité, Joan la condamnait. Il fallait se donner la peine de réfléchir et prévoir le lendemain.

Bien que, peut-être, dans un endroit aussi perdu que Tell Abu Hamid, cela pouvait être inutile.

Celui qui résiderait longtemps ici, pensa Joan, finirait par perdre jusqu'à la notion des jours de la semaine...

Cherchons ! se dit-elle. *Aujourd'hui, c'est jeudi... Oui, jeudi. Je suis ici depuis lundi soir...*

Elle en était là lorsqu'elle arriva devant le réseau de barbelés. Un peu au-delà, elle vit un homme, vêtu d'un vague uniforme, armé d'un fusil et alangui contre une grande caisse. Elle supposa qu'il gardait la voie ferrée, ou la frontière.

Il avait l'air de dormir, mais Joan crut prudent de ne pas s'avancer, de peur qu'il ne se réveillât subitement et ne tirât sur elle. Ce genre d'accident ne devait rien avoir d'impossible à Tell Abu Hamid.

Elle revint sur ses pas et fit un léger détour, en vue de contourner le relais. Ce serait une façon de tuer le temps et d'éviter de retrouver cet étrange sentiment d'agoraphobie — si toutefois c'était bien le mot.

Indéniablement, pensa-t-elle avec satisfaction, la matinée avait passé comme un songe. Seuls des souvenirs flatteurs lui étaient revenus en mémoire : le mariage d'Averil avec ce cher Edward, un homme de toute confiance et, au surplus, fort riche — la maison d'Averil à Londres, une installation charmante et si confortable ! — le mariage de Barbara — et celui de Tony, bien qu'à vrai dire, celui-là ne les eût pas enchantés. Au fond, ils en ignoraient tout... Tony, d'ailleurs, ne leur avait pas donné toutes les satisfactions qu'on est en droit d'attendre d'un fils. Il aurait dû rester à Crayminster et entrer à l'étude Alderman, Scudamore et Witney. Il aurait épousé une gentille Anglaise, qui aurait cultivé ses relations. Il aurait suivi le chemin tracé par son père...

Pauvre Rodney ! Ses cheveux noirs se teintaient de gris et pas de fils pour lui succéder...

Il fallait avouer que Rodney avait été beaucoup trop faible avec Tony. Il aurait dû faire acte d'autorité. La fermeté lui avait manqué.

Où en serait Rodney, se demanda Joan, *je voudrais bien le savoir, si je n'avais pas, moi, fait acte d'autorité pour le pousser à entrer à l'étude ?*

Cette marque d'autosatisfaction lui mit une petite lueur de joie au cœur.

Il serait criblé de dettes, sans doute. Il hypothéquerait ses biens, comme le fermier Hoddesdon.

Mais Rodney avait-il compris à quel point elle lui avait rendu service ? En y réfléchissant, elle fixa la ligne mouvante de l'horizon. Cet effet bizarre, vaporeux...

Bien sûr, pensa-t-elle, *c'est un mirage !*

Oui, c'était cela : un mirage... Des flaques d'eau de mer semblaient scintiller dans le sable. Ce n'était pas du tout conforme à l'idée que l'on se faisait des mirages. Elle avait toujours imaginé que l'on voyait alors des arbres, des villes, quelque chose de beaucoup plus concret.

Mais cette illusion était vraiment curieuse : elle amenait à se demander où se trouvait exactement la réalité !

Un mirage, songea-t-elle, *un mirage...*

Le mot lui parut tout chargé de mystère. Mais à quoi était-elle en train de penser ? Oh ! oui, à Tony, à son comportement égoïste et insouciant.

Il avait toujours été extrêmement difficile d'atteindre Tony : il était insaisissable, docile en apparence, mais avec une façon douce et polie, toujours souriante, de n'en faire qu'à sa tête. Il n'avait jamais été aussi tendre envers elle qu'un fils devait l'être avec sa mère. D'ailleurs, ne préférait-il pas son père ?

Elle se rappela Tony, petit garçon de sept ans, entrant en pleine nuit dans la chambre de Rodney et déclarant d'un ton calme et tout à fait impersonnel :

— Papa, j'ai dû manger un champignon vénéneux. J'ai très mal au ventre et je crois que je vais mourir, alors je viens pour mourir près de vous.

Sa douleur ne venait ni d'un bon ni d'un mauvais champignon, mais d'une appendicite aiguë : on l'avait opéré dans les vingt-quatre heures. Mais Joan s'étonnait encore que le gamin eût été se réfugier auprès de son père, plutôt qu'auprès d'elle. Il était beaucoup plus naturel qu'un enfant malade vînt demander du secours à sa mère.

Oui, Tony leur avait donné toutes sortes de soucis. Paresseux, pas sportif. Et, bien qu'il soit bel enfant, de ceux qu'une mère est fière de promener, il ne paraissait jamais désireux de sortir avec elle et avait l'irritante habitude de disparaître lorsqu'elle le cherchait.

« Vernis protecteur », l'appelait Averil, Joan se souvint soudain de ce surnom.

— Tony est beaucoup plus habile que nous pour se couvrir d'un vernis protecteur, avait-elle déclaré.

Le commentaire d'Averil n'était pas très explicite, mais ce sobriquet avait vaguement peiné Joan.

Elle consulta sa montre. Inutile de s'époumoner à marcher. La prudence lui conseillait de rentrer au relais. La matinée avait été excellente, sans difficulté d'aucune sorte, sans pensées odieuses, ni sensation d'agoraphobie...

« Voyons ! lui reprocha une voix intérieure, on croirait entendre parler une infirmière. Pour qui te prends-tu, Joan Scudamore ? Pour une malade ? Une aliénée ? Pourquoi es-tu si fière de ton bien-être et, en même temps, si fatiguée ? Est-ce un exploit d'avoir passé une matinée agréable et normale ? »

Elle pressa le pas pour rentrer au relais et se réjouit de voir des pêches en conserve au menu : c'était une innovation.

Après son déjeuner, elle alla s'étendre sur son lit. Si elle pouvait dormir jusqu'à l'heure du thé, quel bienfait ce serait pour elle !

Mais elle n'avait nullement sommeil. Son cerveau était en pleine activité, en pleine effervescence. Elle se contraignit tout de même à garder les yeux fermés ; malheureusement, elle se sentait éveillée, les nerfs à vif — comme dans l'attente d'une catastrophe — sur ses gardes — prête à se défendre contre un danger sournois, les nerfs tendus.

Il faut que je me calme, pensa Joan. *Il le faut !*

Mais elle ne pouvait y arriver. Toute sa chair était crispée, son cœur battait plus vite que d'habitude, son esprit était en éveil, en proie à l'anxiété.

Cet ensemble de symptômes lui rappela un état qu'elle avait déjà connu. Elle chercha dans quelles circonstances et se souvint brusquement : dans le salon d'attente du dentiste.

C'était la même appréhension d'une chose franchement désagréable, le désir de se rassurer, d'éviter d'y penser et la conviction que chaque minute rapprochait l'épreuve...

Mais quelle épreuve ?... Que redoutait-elle ?

Qu'allait-il lui arriver ?

Les lézards, pensa-t-elle, *ont tous réintégré leurs trous... mais c'est parce qu'une tempête menace. C'est le calme avant la tempête...*

Et il fallait attendre... attendre...

Mon Dieu ! Elle redevenait absolument incohérente.

Miss Gilbey... La discipline... Une retraite spirituelle.

Une retraite ! Il lui fallait méditer... Elle s'apaiserait peut-être à répéter Om[1]... Mais c'était de la théosophie — ou du bouddhisme...

Non, non, il fallait s'en tenir à sa propre religion, méditer sur Dieu, sur l'amour de Dieu — invoquer Dieu. Dieu ! Elle bredouilla :

— Notre Père qui êtes aux cieux...

Son père, son vrai père, lui apparut. Elle en vit la barbe brune, taillée en carré, à la façon des loups de mer, les yeux d'un bleu vif, au regard perçant et elle se rappela combien il tenait à ce que tout fût net et ordonné dans la maison. Un père fouettard, mais plein de bonté, tel était l'Amiral en retraite.

Et Joan revit sa mère, petite, menue, fantaisiste, négligente, d'un naturel simple et doux, qui lui valait l'indulgence de tous, même de ceux qu'elle contrariait.

---

1. « Syllabe mystique qui précède toutes les prières et les invocations des Hindous et représente la Trinité indienne : A est Vichnou, U est Siva et M Brahma. On écrit plus ordinairement AUM » *(Dictionnaire Bescherelle).* (N.d.T.)

Il lui arrivait, par exemple, de se rendre aux goûters, ou autres cérémonies, avec des gants élimés, une robe fripée, un chapeau piqué au hasard sur un chignon croulant, mais toujours joyeuse, sereine, inconsciente du négligé de sa toilette, ce qui suscitait le courroux de l'amiral. Celui-ci semonçait alors ses filles, jamais son épouse.

— N'êtes-vous donc pas capables de surveiller un peu votre mère ? bougonnait-il. À quoi pensez-vous donc pour la laisser sortir attifée ainsi ? Je n'admets pas cette incurie.

Les trois filles répondaient docilement : « Bien, papa. » Et, par-derrière, se disaient entre elles : « Il a raison, mais vraiment, mère est incorrigible ! »

Joan aimait tendrement sa mère, c'est entendu ; mais son amour filial ne l'aveuglait pas sur le fait qu'il était réellement difficile de vivre avec cette femme, à cause de son manque d'esprit d'organisation, de son inconsistance, à peine rachetées par sa gaieté, son optimisme, sa spontanéité de cœur.

En rangeant les papiers laissés par sa mère après sa mort, Joan n'en avait pas cru ses yeux : dans une lettre que l'amiral avait adressée à son épouse, à l'occasion du vingtième anniversaire de leur mariage, il lui écrivait :

Je souffre amèrement de passer cette journée loin de vous, ma bien-aimée. Puisse ce message vous dire ce que votre amour a représenté pour moi au cours de ces années d'union et vous assurer que vous m'êtes plus chère aujourd'hui que vous ne l'avez jamais été. Votre amour a été la bénédiction suprême de ma vie et je rends grâces à Dieu de me l'avoir dispensée en vous mettant sur ma route...

Joan n'aurait jamais deviné que son père éprouvait ces sentiments passionnés pour sa mère...

Elle se mit à réfléchir :

Il y aura vingt-cinq ans, en décembre, que nous sommes mariés, Rodney et moi. Bientôt nos noces d'argent ! Comme ce serait charmant, pensa-t-elle, *qu'il m'écrivît une lettre de ce genre...*

Elle imagina le message :

Joan chérie, j'éprouve le besoin de vous exprimer ma reconnaissance pour tout ce dont je vous suis redevable. Vous ne savez pas, j'en suis sûr, que votre amour a été la bénédiction suprême...

Pourtant, pensa Joan, interrompant cet exercice de pure imagination, cela ne paraissait pas très authentique... Il était impossible de se figurer Rodney rédigeant une pareille lettre... Cependant, il l'aimait... Il l'aimait tendrement...

Pourquoi se répéter cela sur un ton de défi ? Pourquoi sentir ce petit froid au cœur ? À quoi donc songeait-elle avant d'en venir là ?

Mais oui... — Joan se reprit avec vigueur — ... elle s'était plongée dans une méditation spirituelle. Et voilà qu'elle s'en détournait pour s'entretenir de questions prosaïques, de ses parents morts tous deux depuis de nombreuses années !

Morts, la laissant seule, toute seule dans le désert, toute seule dans cette horrible chambre, cette chambre comparable à une prison...

Où il n'y avait rien d'autre à faire que penser à elle-même...

Elle se leva d'un bond. Inutile de rester au lit puisqu'elle ne pouvait pas dormir.

Elle se prit de haine pour cette pièce aux murs nus, aux petites fenêtres grillagées. Elle y étouffait. Elle s'y sentait minuscule, réduite à l'état d'insecte, elle qui aspirait à se trouver dans un vaste salon, bien aéré, garni de jolies cretonnes égayantes, avec un feu crépitant dans la cheminée. Tout ce qu'elle aimait, c'était vivre entourée, aller voir des amies, en recevoir chez elle.

Oh ! que le train arrive vite ! Il le fallait absolument. Ou une auto ! Ou n'importe quel autre véhicule !

— Je ne peux pas rester ici ! dit Joan à haute voix. Je ne peux pas rester ici plus longtemps !

Parler tout seul, pensa-t-elle, *c'est mauvais signe.*

Elle prit un peu de thé et décida de sortir, sentant qu'il était au-dessus de ses forces de rester assise, livrée à ses pensées.

Une promenade l'empêcherait de réfléchir.

Réfléchir, voilà ce qui était néfaste.

Les êtres qui vivaient ici, l'Hindou, le petit Arabe, l'invisible cuisinier, tous en étaient la preuve.

« Parfois je m'assois et je pense, parfois je me borne à m'asseoir et je ne pense à rien. »

Où avait-elle entendu cette phrase ? Quelle admirable manière de vivre !

Puisqu'elle voulait éviter de réfléchir, elle allait se contenter de marcher, sans trop s'éloigner du relais, au cas... mais oui, au cas...

Elle décrirait un vaste cercle. Elle tournerait en rond, indéfiniment, comme un animal. C'était humiliant. Oui, très humiliant, mais... nécessaire. Il lui fallait prendre grand soin, très grand soin d'elle-même, sinon...

Sinon, qu'adviendrait-il ? Elle l'ignorait. Toutes les suppositions étaient permises.

Elle éviterait donc de penser à Rodney. Elle ne devait pas penser à sa fille Averil, ni à Tony et pas davantage à Barbara. Il lui fallait écarter le souvenir de Blanche Haggard et également celui des bourgeons de rhododendrons rouges — surtout ne pas penser aux bourgeons de rhododendrons rouges ! Se garder de réciter des vers.

Il ne fallait pas non plus qu'elle pense à Joan Scudamore.

Voyons ! c'est moi ! Non, ce n'est pas moi. Mais si !

Si vous êtes réduite à ne penser qu'à vous, quelles découvertes ferez-vous en vous-même ?

— Je ne veux pas le savoir ! dit Joan à haute voix.

Le bruit de ses paroles la surprit. Que tenait-elle à ignorer ?

Je me bats, pensa-t-elle. *Je livre un combat, qui est perdu d'avance.*

Mais contre qui luttait-elle ? Contre quoi ?

Peu importe ! se dit-elle. *Je ne veux pas le savoir.*

Rester dans l'incertitude était plus sage.

Mais tout de même quelle bizarre sensation, cette impression qu'un être marchait à côté d'elle, un être avec lequel elle était intimement liée. Elle n'aurait qu'à tourner la tête pour le savoir... Alors, elle tourna la tête, mais il n'y avait personne, strictement personne...

Pourtant, l'impression d'avoir quelqu'un à ses trousses persista... Elle eut peur.

Rodney, Averil, Tony, Barbara, aucun d'eux ne viendrait à son secours, aucun d'eux ne pourrait l'aider, ne chercherait même à la délivrer. Aucun d'eux ne s'inquiétait d'elle. Aucun ne savait quel danger elle courait.

Elle allait retourner au relais, pour se débarrasser de cet être insaisissable qui l'espionnait...

L'Hindou était installé devant la porte. Il vit Joan approcher, d'une démarche mal assurée, en zigzag. Il la dévisagea d'une façon qui la terrorisa.

— Qu'avez-vous ? demanda-t-elle. Qu'est-ce qui vous prend ?

— Memsahib paraît pas bien. Peut-être Memsahib avoir fièvre.

Bien sûr ! Naturellement, c'était cela ! Elle avait de la fièvre ! Quelle sottise de n'y avoir point pensé plus tôt !

Elle se rua jusqu'à sa chambre. Il lui fallait prendre sa température, chercher sa quinine. Elle avait de la quinine dans ses bagages, mais où ? Elle trouva son thermomètre et le mit sous sa langue.

La fièvre, bien sûr, la fièvre avait engendré tous ses maux. Son incohérence, ses frayeurs imprécises, ses appréhensions, l'accélération de ses battements de cœur, tous ces troubles physiques venaient de la fièvre.

Elle retira son thermomètre et le scruta attentivement : 36° 8... Pourtant, elle était rompue de fatigue...

Elle vint tout de même à bout de la soirée, mais en s'inquiétant horriblement d'elle-même. Elle ne souffrait pas d'insolation, ni d'un accès de fièvre : elle était donc la proie de ses nerfs !

« Ce n'est qu'une crise de nerfs », disait-on communément. Elle l'avait dit, elle-même, en parlant d'autrui. Mais elle n'y comprenait rien, alors. Maintenant, elle savait ce que cela voulait dire. « Ce n'est qu'une crise de nerfs ! » Mais c'était infernal !

Il lui aurait fallu un médecin, un bon médecin compréhensif, une maison douillette et une infirmière douce et compétente, qui ne quitterait pas son chevet.

« Mrs Scudamore ne doit pas rester seule une minute... »

Et, au contraire, elle était dans les murs nus d'une prison, au milieu du désert, en compagnie d'un Hindou à moitié crétin, d'un petit Arabe complètement imbécile et d'un cuisinier en train de lui préparer un repas de riz, de saumon en boîte, de haricots bouillis et d'œufs durs...

Tout ce qu'il y a de pire, pensa Joan. *Exactement le menu contre-indiqué pour mon état...*

Après le dîner, elle rentra dans sa chambre et considéra son tube d'aspirine. Il lui restait six comprimés. Fébrilement, elle les avala tous. Elle n'aurait plus rien, le lendemain, mais il lui fallait prendre un remède.

Jamais plus, se dit-elle, *je ne partirai en voyage sans emporter un bon somnifère.*

Elle se déshabilla et s'étendit avec appréhension.

Par un heureux hasard, elle s'endormit presque tout de suite. Elle se vit en rêve dans une immense prison, dans un dédale de couloirs. Elle essayait de s'en évader, mais ne pouvait y réussir. Pourtant, elle était sûre, absolument sûre qu'elle en connaissait l'issue...

« Tu n'as qu'à creuser ta mémoire, entendait-elle sa propre voix lui dire. Tu n'as qu'à rappeler tes souvenirs ! »

Son réveil fut normal ; elle se sentait paisible, bien qu'un peu fatiguée.

Rappelle donc tes souvenirs ! continuait-elle à se répéter machinalement.

Elle se leva, fit sa toilette, prit son petit déjeuner, tout cela dans les meilleures dispositions, légèrement craintive, mais sans excès.

Je suppose que tout va bientôt recommencer, songea-t-elle. *Oh ! tant pis ! Je n'y peux rien !*

Elle se cala dans un fauteuil et resta immobile. Elle sortirait plus tard, pas tout de suite.

Elle ne se fixerait pas de sujet de réflexion et ne se contraindrait pas davantage à ne pas réfléchir. Les deux efforts seraient beaucoup trop fatigants. Elle laisserait ses pensées, ses souvenirs aller et venir à leur guise...

Elle revit le bureau de l'étude Alderman, Scudamore et Witney... les dossiers aux étiquettes blanches : SUCCESSION DE SIR JASPER FOULKES, COLONEL ETCHINGHAM WILLIAMS, semblables à des accessoires de théâtre.

Elle revit Peter Sherston levant au-dessus de son bureau son visage ardent, passionné. Comme il ressemblait à sa mère ! Non, pas tellement — car il avait les yeux de Charles Sherston et la même façon de vous regarder de côté, par en dessous, très très vite.

Je ne lui accorderais pas une absolue confiance, si j'étais Rodney, avait-elle pensé.

Amusant, qu'elle ait eu cette méfiance !

Après la disparition de Leslie, Sherston s'était complètement laissé aller. Il n'avait plus dessaoulé, si bien qu'en un temps record, l'ivrognerie l'avait précipité dans la tombe. Les enfants avaient été recueillis par des oncles et tantes, mais la benjamine, une petite fille de six mois, était morte.

L'aîné, John, entré dans les Eaux et Forêts, se trouvait actuellement en Birmanie. Joan évoqua Leslie parlant de ses tentures en pur fil tissé à la main : si John ressemblait à sa mère, il devait vivre dans de bonnes conditions, ce qui n'était pas impossible, car elle avait entendu faire son éloge.

Le cadet, Peter, était venu voir Rodney et lui avait demandé une place à l'étude.

— Ma mère m'a dit que vous accepteriez certainement de me venir en aide, monsieur, avait-il déclaré.

C'était un garçon sympathique, souriant, plein de franchise, d'ardeur, cherchant à plaire. Joan l'avait toujours trouvé le plus avenant des deux frères.

Rodney s'était fait une joie de l'embaucher. Ce qui l'y avait sans doute incité était le fait que Tony eût préféré s'expatrier, s'éloigner volontairement de sa famille.

Avec le temps, peut-être Rodney eût-il fini par considérer Peter presque comme son fils. Il l'invitait souvent. Peter plaisait beaucoup à Joan. Il était aimable, gracieux, sans l'obséquiosité de son père.

Hélas ! Un soir, Rodney était rentré avec l'air préoccupé, amer. En réponse aux questions de Joan, il s'était impatienté en affirmant qu'il n'avait aucun, absolument aucun tracas. Mais, à peu près une semaine plus tard, il annonçait que Peter le quittait pour entrer dans une usine d'aviation.

— Oh ! Rodney ! Vous étiez si bon pour lui ! Nous l'aimions beaucoup, vous et moi !

— Oui. Je m'y étais attaché.

— Que s'est-il passé ? Était-il paresseux ?

— Oh ! non ! Il est très doué pour les chiffres et il apprenait vite.

— Comme son père ?

— Oui. Mais tous ces garçons sont attirés par les découvertes récentes, l'aviation, les machines.

Joan ne l'écoutait plus. La comparaison qu'elle avait faite lui donnait à réfléchir. Et puis Peter Sherston était parti très subitement.

— Rodney, il ne s'est rien produit de grave, n'est-ce pas ?

— De grave ? Que voulez-vous dire ?

— Eh bien ! S'il ressemble à son père... Il a bien la bouche de sa mère, mais aussi cette curieuse façon de regarder de biais, comme son père. Dites-moi, Rodney, dites-moi la vérité : il s'est mal conduit ?

Rodney avait répondu, en pesant ses mots :

— Nous avons constaté une petite erreur...

— Dans les comptes ? Il a détourné des fonds ?

— Je préfère ne pas en parler, Joan. L'erreur était légère.

— Malhonnête comme son père ! L'hérédité est vraiment bizarre !

— Très bizarre. Elle se produit souvent à tort.

— Regrettez-vous que ne se soit pas plutôt transmise l'hérédité de sa mère ? Pourtant, Leslie n'avait rien de très remarquable, il me semble.

Rodney avait sèchement répondu :

— À mon avis, elle était tout à fait remarquable. Elle s'est attelée à son travail et a réussi.

— Pauvre femme !

Rodney avait dit avec humeur :

— Il me déplaît que vous ne cessiez de la plaindre.

— Comme vous êtes peu compatissant, Rodney ! Elle a vraiment mené une triste existence !

— Je ne l'ai jamais vue sous ce jour-là.

— Et sa mort...

— Si vous voulez me faire plaisir, Joan, n'en parlons plus.

Il avait tourné les talons.

Le cancer, savait Joan, fait très peur à tout le monde... On évite même de prononcer ce mot. Autant que possible, on emploie des périphrases. On parle du développement d'une affection sournoise, d'une opération dangereuse, d'un mal incurable, d'une maladie interne. Rodney lui-même ne voulait pas le nommer. Parce qu'après tout, on ne sait jamais... Un cas sur douze est mortel, n'est-ce pas ? Et cette maladie semble souvent s'attaquer aux mieux portants, aux êtres qui n'ont jamais eu le moindre trouble de santé.

Joan se remémora le jour où elle avait appris la nouvelle, de la bouche de Mrs Lambert, sur la place du Marché.

— Chère amie, savez-vous ce qui est arrivé à la pauvre Mrs Sherston ?

— Mais non. Que devient-elle ?

— Elle est morte ! avait clamé Mrs Lambert avec émotion, puis, en baissant la voix : emportée par un mal interne, je crois... impossible à opérer... Elle a terriblement souffert, m'a-t-on dit. Mais, toujours énergique, elle travaillait encore deux semaines avant la fin. Elle s'est acharnée, jusqu'au jour où elle ne s'est plus soutenue que grâce à la morphine. Ma nièce l'a rencontrée il y a un mois environ. Elle était déjà condamnée — et n'avait plus que la peau sur les os, mais elle restait toujours la même, riant et plaisantant. Je suppose que, dans cette maladie-là, on ne se croit jamais mortellement atteint... Entre nous, elle avait une bien triste vie, la pauvre femme. On peut dire que, pour elle, la mort a été un soulagement...

Joan s'était hâtée de rentrer pour avertir Rodney, mais il avait tranquillement répondu :

— Oui, je sais.

En tant qu'exécuteur testamentaire, il avait tout de suite été mis au courant.

Leslie Sherston ne possédait pas grand-chose et le peu qu'elle léguait était facile à répartir entre ses fils. Mais une clause de son testament avait excité les passions à Crayminster : le désir d'y être inhumée. *Parce que*, notifiait le testament, *j'y fus heureuse*.

C'est ainsi que la dépouille de Leslie Adeline Sherston avait été amenée à Crayminster et reposait dans le cimetière de l'église St. Mary.

Certains avaient trouvé cette requête bizarre, puisque à Crayminster, Sherston avait été accusé de détourner frauduleusement les fonds de la banque. Mais d'autres avaient compris : l'infortunée y avait passé un temps heureux avant le scandale, et il était naturel qu'elle considérât cette ville comme une sorte de paradis perdu...

Pauvre Leslie... Le drame s'acharnait d'ailleurs sur la famille : le jeune Peter, peu après avoir reçu son brevet de pilote, avait capoté et trouvé la mort.

Cette nouvelle avait littéralement terrassé Rodney. Par un étrange scrupule, il avait paru se reprocher la mort de Peter.

— Mais voyons, Rodney, je ne vois pas pourquoi vous vous en faites grief ! Vous n'en êtes nullement responsable !

— Leslie m'avait confié son fils. Elle lui avait dit que je lui trouverais un emploi, que je l'épaulerais...

— Eh bien ! Vous l'avez fait ! Vous l'avez pris à la charge.

— Je le sais.

— Or, il s'est mal comporté et vous ne l'avez pas fait poursuivre... C'est vous qui avez comblé le déficit, non ?

— Oui, oui, mais ce n'est pas de cela qu'il s'agit. Je me tourmente parce que Leslie elle-même me l'avait adressé, parce qu'elle le savait faible, enclin aux mêmes tentations que Sherston. John était lancé sur une bonne voie : seul, Peter l'inquiétait. Connaissant son défaut, elle comptait sur moi pour le surveiller. Ce garçon offrait des contrastes bizarres : non seulement il avait l'indélicatesse de Sherston et le courage de Leslie, mais Armadale m'écrivait dernièrement n'avoir jamais connu de meilleur pilote : « *Ce jeune homme était intrépide et, en même temps, d'une prudence exceptionnelle.* » Je le cite textuellement. Il s'était proposé comme volontaire, vous savez, pour expérimenter un nouveau type d'avion. La tentative était dangereuse. C'est ainsi qu'il s'est tué.

— Que voulez-vous ? Il a eu une mort très honorable, très glorieuse !

Rodney avait eu un petit rire sec.

— Oui, sans doute, Joan. Mais prononceriez-vous ces paroles avec cette complaisance s'il s'agissait de votre fils ? Si c'était votre fils qui avait été tué de cette façon ? Seriez-vous satisfaite si Tony avait une mort glorieuse ?

Joan avait écarquillé les yeux.

— Mais Peter n'était pas notre fils ! On ne peut pas faire de comparaison...

— Moi, je pense à Leslie, à ce qu'elle aurait souffert.

À l'abri, dans la pénombre du relais, Joan tressaillit légèrement dans son fauteuil. Pourquoi les histoires des Sherston l'obsédaient-elles avec cette obstination depuis qu'elle était là ? Elle avait d'autres amis, des amis avec lesquels elle avait sympathisé bien davantage.

Elle n'avait jamais eu de très grande amitié pour Leslie. Ce qui ne l'avait pas empêchée de la plaindre. Cette pauvre Leslie, sous sa dalle de marbre...

Joan frissonna.

J'ai froid, se dit-elle. *J'ai froid. Et on marche sur ma tombe.*

Mais c'était à la tombe de Leslie qu'elle pensait...

Il fait froid ici, pensa-t-elle. *Froid et sombre. Je vais partir au soleil. Je ne veux plus rester ici...*

Sur les bourgeons de mai soufflent les durs autans.

Sortir ! Il fallait sortir, au soleil ! S'éloigner de ces obsessions...

Elle était restée trop longtemps dans cette pièce aux murs nus, qui ressemblait à un tombeau.

La tombe de Leslie... Rodney dans le cimetière...

Leslie... Rodney...
Il fallait sortir...
Au soleil !
Cette pièce était morbide.
Elle avait froid. Elle était seule.

9

Joan se leva d'un bond et sortit au soleil à pas précipités.

Une fois dehors, elle se mit à marcher en évitant du regard le tas d'immondices, ainsi que le poulailler.

Par prudence. Car elle avait besoin de la chaleur du soleil...

La chaleur ! Échapper à cette sensation de froid !

Elle avait fui...

Mais à quoi voulait-elle se soustraire ?

Miss Gilbey lui apparut soudain, déclarant d'une voix doctorale : « Disciplinez vos pensées, Joan. Exprimez-vous de façon plus précise. Définissez exactement ce que vous fuyez en courant. »

Mais elle ne le savait pas. Elle n'en avait pas la moindre idée.

Ce qu'elle fuyait ? Une crainte vague, une frayeur, qui la menaçait, qui la poursuivait...

La peur d'une vérité qui avait toujours existé, mais dans l'ombre — et qu'elle ne cherchait qu'à esquiver, éluder, en s'en détournant.

Vraiment, Joan Scudamore, se dit-elle, *tu te comportes d'une manière bien bizarre !*

Mais cette remontrance ne lui fut d'aucun secours. Elle devait être complètement détraquée. Son trouble ne pouvait pas venir de l'agoraphobie... — était-ce bien le mot, ou se trompait-elle ? Cette incertitude la tracassait... car elle n'avait pu s'empêcher de fuir ces murs froids, qui l'emprisonnaient, de sortir pour trouver le soleil et l'espace. Elle allait mieux depuis qu'elle était dehors.

Elle pressa le pas. À tout prix, il fallait s'éloigner de cet horrible relais, de ce tombeau, de cet endroit tellement lugubre, où elle étouffait...

Où l'on imaginerait facilement des fantômes...

Mais quelle idiotie ! Cette bâtisse portait bien la marque d'une construction récente, datant tout au plus de deux ans.

Un bâtiment neuf ne pouvait être hanté, tout le monde le savait.

Non, s'il y avait des fantômes au relais, c'est qu'elle, Joan Scudamore, les créait de toutes pièces.

Mais cette pensée-là, justement, lui fut odieuse.

Elle accéléra le pas.

En tout cas, pensa-t-elle résolument, *personne ne se moquera de moi, ici. Je suis totalement seule. Sûre de ne rencontrer personne.*

Elle était dans le cas de... Qui donc ? Était-ce Stanley et Livingstone qui s'étaient rencontrés par hasard dans la brousse africaine ?

« Docteur Livingstone, je présume ? »

Elle ne courait pas ce risque, ici. Sauf à se heurter à elle-même !

Quelle idée baroque ! Rencontrer Joan Scudamore !

Ravie de faire votre connaissance, Mrs Scudamore !

Au fond, c'était intéressant...

Se rencontrer, se connaître...

Être présentée à soi-même...

Mais, Dieu ! quelle horreur !

Elle fut soudain saisie d'effroi.

Elle marcha de plus en plus vite, courut presque, en trébuchant un peu. Et ses pensées trébuchaient, comme ses pieds.

J'ai peur... Dieu ! que j'ai peur !... Que n'ai-je quelqu'un pour me tenir compagnie !

Blanche ! pensa-t-elle. *Combien j'aimerais que Blanche fût là !...*

Oui, c'était exactement Blanche qu'il lui fallait.

Personne d'autre, aucun de ses proches, aucune de ses amies.

Seule, Blanche pourrait...

Blanche, avec sa familiarité, sa bonté réconfortante et chaleureuse... Seule, Blanche était compréhensive. Elle ne s'étonnerait, ne se scandaliserait de rien.

Et puis, Blanche l'appréciait. Blanche déclarait qu'elle avait su vivre. Blanche l'aimait beaucoup.

Tandis que personne d'autre...

Voilà ! Telle était la pensée qui avait toujours cheminé auprès d'elle. Voilà ce que la vraie Joan Scudamore savait... et avait toujours su !

Les lézards sortirent de leurs trous...

La vérité la narguait...

Des bribes de vérité apparurent comme des lézards et dirent : « Nous voilà. Tu nous connais. Tu nous connais très bien. Ne prétends pas le contraire. »

Et elle les connaissait, voilà ce qui était épouvantable.

Elle les connaissait parfaitement.

Toutes ces petites bribes, ces tronçons de vérité grimaçaient, ricanaient en la regardant.

Ils lui étaient apparus depuis qu'elle était là. Il lui fallait absolument les coordonner, les unir.

Toute l'histoire de sa vie, l'histoire véritable de Joan Scudamore, était là, attendant qu'elle la reconstituât.

Jusqu'à présent, elle n'avait jamais éprouvé le besoin d'y penser. Il lui avait été facile d'occuper ses journées par des besognes pratiques, lesquelles ne lui avaient pas laissé le temps de s'étudier.

Que lui avait donc dit Blanche ?

« Si l'on n'avait rien d'autre à faire que penser à soi, des jours durant, je me demande ce que l'on découvrirait... »

Et quelle réponse orgueilleuse, naïve, stupide, elle avait faite ! « Découvrirait-on quoi que ce soit que l'on ne connût déjà ? »

Une réflexion de Tony vint se greffer là-dessus :

« Quelquefois, mère, je crois que vous ne comprenez personne. »

C'était exact !

Elle avait méconnu ses enfants, méconnu Rodney. Elle les avait aimés, certes, mais sans les connaître.

Elle aurait dû s'efforcer de les comprendre.

Quand on aime quelqu'un, il faut essayer de le voir tel qu'il est.

Certes, il est infiniment plus facile de s'en tenir aux traits aimables et apparents, en les prenant pour véridiques, que de se tracasser de ce qui est réellement la vérité.

Averil, par exemple... Le chagrin d'Averil...

Joan n'avait pas voulu reconnaître qu'Averil avait souffert.

Averil l'avait toujours méprisée...

Averil, dès sa tendre enfance, avait percé la nature de sa mère...

Averil, que la vie avait heurtée, brisée et qui, même à présent, peut-être, était une créature insatisfaite !...

Insatisfaite, mais courageuse !

Voilà ce dont avait manqué Joan : de courage.

« Le courage, ce n'est pas tout », avait-elle dit.

À quoi Rodney avait répliqué : « Vraiment ? »

Rodney avait eu raison...

Tony, Averil, Rodney, tous l'accusaient...

Et Barbara ?

Quelle difficulté avait-elle eue ? Pourquoi le médecin s'était-il montré si réticent ? Qu'avaient-ils donc, tous, tenu à lui cacher ?

Qu'était-il arrivé à cette petite, à cette enfant si passionnée, si révoltée, après avoir épousé le premier venu, comme pour fuir la maison familiale ?

Car il s'agissait bien de cela, c'était exactement le sens de sa conduite. Barbara était malheureuse chez ses parents. Parce que Joan ne s'était pas donné la moindre peine pour lui rendre la vie agréable.

Elle n'avait pas su l'aimer, elle n'avait pas cherché à la comprendre. Avec une négligence, un égoïsme coupables, elle avait décrété ce qui convenait à Barbara, sans le moindre égard pour les goûts, les désirs de sa fille. Loin d'accueillir les amies de Barbara, elle les avait poliment évincées. Quoi d'étonnant à ce que l'idée de partir pour Bagdad eût tenté Barbara ? Un vrai moyen d'évasion...

Elle avait épousé Bill Wray en hâte, sur un coup de tête et, avait dit Rodney, sans l'aimer. Qu'était-il advenu ensuite ?

Une liaison ? Un amour malheureux ? Avec le major Reid, probablement. Ce qui expliquait l'embarras qu'avait suscité Joan par le seul fait de le nommer. Il correspondait parfaitement, pensa-t-elle, au type d'homme capable de séduire une enfant naïve, mal mariée.

Et alors, désespérée, en proie à l'une de ces crises de détresse noire dont elle souffrait depuis sa petite enfance, une de ces crises violentes qui lui faisaient perdre tout sens de la mesure, elle avait essayé — oui, ce devait être cela — de s'empoisonner ! Et elle avait été gravement malade, proche de la mort même !

Rodney était-il au courant de cette infidélité ? Joan se le demanda. Si oui, il l'aurait à coup sûr empêchée de partir en coup de vent pour Bagdad.

Non, Rodney l'ignorait certainement.

Il le lui aurait dit.

Non, peut-être pas.

Mais il aurait fait l'impossible pour la retenir à Crayminster.

Pourtant, rien ne l'eût fait changer d'avis ! Envers et contre tout, elle aurait volé au secours de sa malheureuse fille.

Évidemment, c'était une impulsion honorable...

Mais n'était-ce pas un aspect fragmentaire de la vérité ?

N'avait-elle pas été attirée par les charmes du voyage ? Par la nouveauté ? L'aventure ? Le désir de voir du pays ? N'avait-elle pas été tentée par l'attrait de jouer un rôle, celui de la mère au grand cœur ? Ne s'était-elle pas vue sous les traits d'une femme pleine de bonté, de dévouement ? N'avait-elle pas anticipé l'accueil d'une fille malade, d'un gendre torturé d'inquiétude ? Ne les avait-elle pas entendus, à l'avance, lui dire : « Comme c'est gentil à vous d'être arrivée si vite ! »

En réalité, ils n'avaient nullement été ravis de la voir ! Pour parler franc, ils avaient même été consternés. Ils avaient fait la leçon au médecin, tenu leur langue, fait l'impossible pour l'empêcher d'apprendre la vérité. Ils ne souhaitaient en rien la mettre au courant, parce qu'ils n'avaient pas confiance en elle... Barbara ne se fiait pas à elle. Tenir sa mère à l'écart, telle avait probablement été son idée essentielle.

Quel soulagement ils avaient éprouvé lorsqu'elle avait annoncé qu'il lui fallait reprendre le chemin du retour ! Ils avaient bien caché leur joie, sous mille protestations polies, en lui proposant même de rester davantage. Mais, dès qu'elle avait vaguement envisagé cette prolongation de séjour, avec quelle insistance William l'en avait dissuadée !

Somme toute, le seul aspect positif de son voyage précipité avait tenu à rapprocher William et Barbara, dans un effort commun pour se débarrasser d'elle et garder leur secret. C'était assez curieux, mais oui : après mûre réflexion, son séjour là-bas leur avait été bienfaisant. Plusieurs fois, se rappela Joan, Barbara encore faible, avait jeté à son mari un regard implorant et William, comprenant cette prière muette, s'était lancé dans un flot de paroles oiseuses, dissertant sur un sujet futile et prévenant ainsi les questions indiscrètes de Joan. À la suite de quoi, Barbara avait regardé son mari avec une tendre gratitude.

Joan les revit tous deux, sur le quai, au moment de son départ. Elle se rappela William soutenant Barbara, qui s'appuyait sur lui.

« Courage, chérie ! devait-il dire. C'est bientôt fini : elle s'en va ! »

Et, après le départ du train, ils avaient dû rentrer chez eux, dans leur bungalow d'Alwyah et jouer avec Mopsy, cet adorable bébé dont tous deux raffolaient et qui était une frappante caricature de William. Et Barbara avait dû dire : « Dieu soit loué ! Elle est partie, nous voilà tranquilles ! »

Pauvre William ! Joan plaignit cet homme qui aimait son épouse, qui avait souffert à cause d'elle, mais lui avait toujours conservé sa fidélité, sa tendresse...

« Ne te tracasse donc pas pour elle ! avait dit Blanche. Elle s'en remettra. L'enfant arrangera tout. »

Brave Blanche ! Vouloir rassurer Joan sur un point qui ne l'inquiétait pas ! Car Joan était obnubilée par une pitié hautaine et dédaigneuse envers son amie d'enfance.

« Je te rends grâces, Seigneur, de n'être pas comme cette femme. »

Oui, sa pitié pour Blanche lui avait même dicté une prière.

Et maintenant, en cette minute, elle aurait donné tout au monde pour avoir Blanche auprès d'elle !

Blanche... d'une bonté, d'une charité si naturelles... Blanche, qui n'était jamais tentée de condamner quiconque... Au relais de la Compagnie des chemins de fer, Joan avait prié, en se targuant d'une supériorité illusoire.

Pourrait-elle prier maintenant, dans l'extrême humiliation où elle se trouvait ? Dénuée, dépouillée des voiles de l'illusion dont elle s'était parée toute sa vie...

Elle trébucha et s'écroula sur les genoux.

— Seigneur ! gémit-elle. Au secours !...

... Je deviens folle, Seigneur...

... Ne permets pas que la folie me gagne...

... Empêche-moi d'aller plus loin dans mes souvenirs...

... Ne me laisse pas continuer à réfléchir...

Le silence recouvrit sa prière...

Le silence et le soleil...

Et les battements de son cœur...

Dieu, pensa-t-elle, *Dieu m'a délaissée...*

Dieu ne viendra pas à mon secours...

Je suis seule, absolument seule...

Dans cet effrayant silence, dans cette terrible solitude...

La petite Joan Scudamore... la sotte, futile, altière Joan Scudamore...

Toute seule dans le désert.

Le Christ, pensa-t-elle, *fut seul dans le désert...*

Pendant quarante jours et quarante nuits...

Non, non, personne n'en est capable, personne ne peut endurer ce supplice !

Ce silence, ce soleil, cette solitude...

De nouveau, la peur s'empara d'elle, la peur de ces immenses espaces déserts où l'on est seul, seul avec Dieu...

Péniblement, elle se remit debout.

Il lui fallait retourner au relais, retrouver le relais...

Retrouver l'Hindou, le petit Arabe, les poules étiques, le tas d'immondices...

Retrouver l'espèce humaine...

Elle jeta un regard affolé autour d'elle.

Il n'y avait pas trace de relais ! pas trace du petit monticule qu'était la gare ! pas même trace de montagnes à l'horizon !

Elle avait dû s'éloigner plus que les autres jours ! Aller si loin qu'elle avait perdu ses points de repère habituels !

Pour comble d'épouvante, elle ne savait pas même dans quelle direction se trouvait le relais...

Du moins les montagnes, cette haute chaîne de montagnes n'avaient pu disparaître ! Mais l'horizon se confondait avec les nuages. Étaient-ce les montagnes ? Étaient-ce des nuages ? Impossible de distinguer les uns des autres.

Elle était perdue, complètement perdue !

Pourtant, si elle se dirigeait vers le nord... Oui, c'est ça, vers le nord...

Grâce au soleil...

Mais le soleil était exactement au-dessus de sa tête. Il n'y avait aucun espoir de s'orienter d'après le soleil...

Elle était perdue, irrémédiablement perdue. Jamais elle ne retrouverait son chemin pour rentrer...

Tout à coup, nerveusement, elle se mit à courir.

D'abord d'un côté, puis, prise de panique, en sens contraire. Elle courut de droite et de gauche, affolée, désespérée.

Et elle se mit à pleurer, à crier, à appeler...

— Au secours ! Au secours !

Personne ne m'entendra, pensa-t-elle. *Je suis trop loin...*

Le désert absorba son cri, le réduisit à un petit bêlement plaintif, *comme celui d'un mouton*, se dit-elle, *d'un mouton...*

Il se met en quête de sa brebis...

Dieu est le bon Pasteur...

Rodney — les verts pâturages — la vallée du Jugement qui débouchait dans la Grand-Rue...

— Rodney ! cria-t-elle. Au secours ! Au secours, Rodney !

Mais Rodney s'éloignait sur le quai de la gare, en redressant la tête et les épaules, se réjouissant d'être libre pendant quelques semaines, se sentant redevenu jeune...

Il ne pouvait l'entendre.

Alors, Averil... Averil viendrait-elle à son secours ?

« Je suis ta mère, Averil. Je me suis toujours sacrifiée pour toi ! »

Non, Averil sortirait posément de la pièce, en disant peut-être :

« Je n'y peux vraiment rien... »

Alors, Tony... Tony accourrait-il pour la sauver ?

Mais non, il ne viendrait pas : il était en Afrique du Sud.

Il était loin, horriblement loin...

Et Barbara ? Mais Barbara était trop malade... Barbara s'était empoisonnée...

Leslie, pensa-t-elle, *Leslie viendrait à mon secours si elle le pouvait. Mais Leslie est morte. Elle a souffert et elle est morte...*

Alors, aucun espoir. Personne. Il n'y avait personne...

Elle se remit à courir, désespérément, sans but, sans direction, à courir pour courir...

La sueur coulait sur sa figure, sur sa nuque, sur son corps entier...

Elle se dit : *Je vais mourir...*

Seigneur ! pensa-t-elle. *Seigneur !*

Dieu la trouverait dans le désert...

Dieu lui indiquerait le chemin de la vallée verte... Il la conduirait, comme la brebis de l'Ecriture...

Comme la brebis perdue...

Comme la pécheresse repentante...

Dans la vallée de l'ombre...

Mais il n'y avait pas d'ombre, ici. Il n'y avait que le soleil...

Dirige-moi, soleil !... Mais le soleil n'est pas compatissant...

La vallée verte, la vallée verte ! Il lui fallait trouver toute seule la vallée verte...

Cette vallée ouvrait sur la Grand-Rue, en plein centre de Crayminster.

Non ! Elle aboutissait dans le désert...

Le désert ! Quarante jours et quarante nuits...

Elle n'était là que depuis trois jours, aussi Dieu devait y être encore.

Dieu ! implora-t-elle. *Au secours !*

Dieu...

... Mais que voyait-elle ?

Là-bas, vers la droite, ce point minuscule sur l'horizon, qu'était-ce ?

C'était le relais ! Elle n'était point perdue ! Elle était sauvée !

Sauvée...

Ses genoux défaillirent. Elle s'écroula, comme une masse.

10

Petit à petit, Joan reprit conscience.

Elle se sentit tout à fait malade et déprimée.

... Et faible, faible comme un enfant.

Mais elle était sauvée ! Elle voyait le relais. Tout à l'heure, quand elle aurait un peu retrouvé ses forces, elle se lèverait et rentrerait.

En attendant, elle allait rester tranquille et remettre ses idées en ordre, voir les faits comme ils étaient, sans se leurrer.

Somme toute, Dieu ne l'avait pas abandonnée...

Elle n'avait plus cette sensation atroce de solitude...

Il faut que je réfléchisse, se dit-elle. *Réfléchissons ! Considérons la vérité en face. C'est pour cela que je suis ici, pour tirer une conclusion de ma vie.*

Elle avait eu l'occasion d'apprendre et de savoir une fois pour toutes quel genre de femme était Joan Scudamore.

Voilà pourquoi elle avait été amenée dans le désert. Cette lumière impitoyable allait lui révéler crûment ce qu'elle était, lui montrer en plein jour la vérité de tout ce qu'elle n'avait pas voulu considérer, de tout ce qu'elle avait parfaitement su.

Le premier indice remontait à hier. Peut-être devrait-elle en revenir à ce point de départ. N'était-ce pas de là que datait son premier désarroi, cette panique ?

Elle récitait des vers : tel avait été le début.

J'ai vécu loin de vous ce printemps.

Ce vers lui avait fait penser à Rodney et elle s'était dit : « Mais nous sommes en novembre... »

Tout comme Rodney disant, ce soir-là : « Mais nous sommes en octobre. »

Il avait prononcé ces mots le soir du jour où il s'était reposé sur les hauteurs d'Asheldown en compagnie de Leslie Sherston. Joan les avait vus assis tous deux, sans mot dire, à quatre pas l'un de l'autre. Et elle avait trouvé — n'est-ce pas ? — que ce n'était guère amical.

Mais, maintenant, elle savait — et elle aurait vraiment dû le deviner — pourquoi ils étaient aussi loin l'un de l'autre.

C'était parce que — n'est-ce pas ? — ils n'osaient pas se rapprocher...

Rodney et Leslie Sherston...

Plus question de soupçonner Myrna Randolph. Myrna Randolph n'avait jamais été dangereuse. Joan avait entretenu en elle-même cette légende de Myrna Randolph, parce qu'elle savait cette légende dépourvue de fondement. Elle avait fait de Myrna Randolph un écran de fumée pour dissimuler ce qui était réel.

Et aussi — soyons sincère, Joan ! — parce qu'il lui était plus facile de donner ce rôle à Myrna Randolph qu'à Leslie Sherston.

Elle souffrait moins dans son orgueil en prêtant à Rodney une vive admiration pour Myrna Randolph, car Myrna était belle. Myrna était du genre de sirène qui passait pour envoûter tout homme, tout homme dépourvu d'une résistance surhumaine.

Tandis que Leslie Sherston... ! Leslie n'était franchement pas belle, n'était pas jeune, n'était pas même soignée dans sa toilette. Leslie et ses traits tirés et son bizarre sourire tordu... admettre que Rodney pouvait l'aimer, pouvait l'aimer d'une telle passion qu'il ne se risquait pas à s'approcher d'elle à moins de quatre pas, voilà ce qu'il lui répugnait de reconnaître.

Cet amour fou, ce désir douloureux, insatisfait, cette passion violente qu'elle-même n'avait jamais connue...

Voilà ce qui était entre eux le jour d'Asheldown et elle l'avait senti. Et c'est parce qu'elle l'avait senti qu'elle avait pris un chemin détourné et qu'elle était rentrée en hâte, toute honteuse, refusant d'admettre en son for intérieur, l'espace d'un instant, le fait qu'elle connaissait parfaitement.

Rodney et Leslie, assis à quatre pas l'un de l'autre, sans souffler mot, sans même se regarder, parce qu'ils ne l'osaient pas...

Leslie ayant si follement aimé Rodney qu'elle avait voulu être inhumée dans la ville où il habitait...

Rodney regardant la pierre tombale et disant : « Leslie Sherston sous une froide dalle de marbre, quelle imbécillité monstrueuse ! » Et la fleur de rhododendron qui était tombée... La chute de ce petit point rouge...

« Le cœur saigne, avait dit Rodney. Le cœur saigne. »

Et ensuite, le ton duquel il avait déclaré : « Je suis fatigué, Joan. Je suis exténué. » Et, plus tard, son air étrange pour dire : « Tout le monde ne peut pas être courageux... »

C'est à Leslie qu'il pensait, en disant cela, à Leslie et à son courage.

— Le courage n'est pas tout !

— Vraiment ?

Et la dépression nerveuse de Rodney... c'est la mort de Leslie qui en avait été la cause.

Cette période qu'il avait passée en Cornouailles et pendant laquelle il était resté inerte, étendu, uniquement occupé à écouter les mouettes, détaché de tout, souriant mais d'un air résigné...

Et Tony disant d'une voix gamine et méprisante : « Vous ne comprenez donc rien à père ? »

En effet, elle ne l'avait nullement compris, parce qu'elle avait résolument décidé de l'ignorer.

Leslie regardant par la fenêtre, expliquant pourquoi elle se réjouissait d'attendre un enfant...

Et Rodney disant, en tournant lui aussi le dos devant la fenêtre : « Leslie ne fait rien à moitié... »

Que regardaient-ils l'un et l'autre, dans la même attitude ? Leslie contemplait-elle les anémones et les pommiers de son jardin ? Et Rodney, le tennis et le bassin de poissons rouges ? Ou voyaient-ils, tous deux, le paysage d'une douceur triste et la tache sombre des arbres à l'horizon, que l'on dominait des hauteurs d'Asheldown ?

Pauvre Rodney ! Pauvre Rodney, harassé, exténué...

Rodney avec son sourire bon et taquin. Rodney disant : « Pauvre petite Joan ! » Toujours plein de bonté, d'affection, toujours fidèle...

Mais elle avait été bonne épouse, n'est-ce pas ?

Elle avait toujours mis les intérêts de son mari au premier plan...

Attention ! Était-ce bien exact ?

Elle revit Rodney l'implorant du regard. Elle revit ce regard triste. Il avait toujours eu le regard triste.

Elle entendit Rodney : « Comment aurais-je pu savoir que je détesterais à ce point la vie de bureau ? » Et, les yeux graves, demandant : « Comment savez-vous que je serai heureux ? »

Rodney suppliant qu'elle le laissât mener l'existence de ses rêves, la vie d'agriculteur...

Rodney, à la fenêtre de son bureau, regardant le bétail sur la place du Marché...

Rodney parlant d'élevage avec Leslie Sherston...

Rodney disant à Averil : « L'homme qui n'exerce pas la carrière de ses rêves ne vit qu'à moitié... »

C'était à tout cela qu'elle — Joan — avait contraint Rodney !...

Anxieusement, fébrilement, elle essaya de se défendre contre son propre jugement, contre sa découverte personnelle.

Elle avait agi pour le mieux ! Il fallait bien être pratique ! Il fallait penser à l'éducation, à l'instruction des enfants. Elle ne s'était pas fondée sur des motifs égoïstes.

... Mais cette clameur d'autodéfense s'évanouit.

N'avait-elle pas été poussée par l'ennui de vivre à la campagne ? Elle voulait donner à ses enfants les meilleures conditions d'existence, mais où était le mieux ?

Rodney n'avait-il pas autant de droits qu'elle-même sur l'éducation des enfants qui étaient à lui ?

N'avait-il pas même, en fait de droits, la priorité ? N'incombait-il pas au père de choisir la façon d'élever ses enfants, et à la mère de veiller à leur santé en suivant scrupuleusement les conseils du père de famille ?

D'après Rodney, la vie à la campagne était salutaire aux enfants...

Tony, sûrement, y eût trouvé le bonheur.

Rodney avait tenu à ce que la vocation de Tony ne fût pas contrariée.

« Je ne suis pas d'avis, avait dit Rodney, de forcer les êtres à faire ce qui leur déplaît. »

Mais elle — Joan — ne s'était pas fait scrupule de forcer Rodney !

Dans un sursaut d'une violence douloureuse, Joan se dit : *Pourtant, j'aime Rodney. J'aime Rodney ! Ce que j'ai fait, ce n'est point par manque d'amour !*

Mais voilà précisément, découvrit-elle tout à coup, ce qui était impardonnable.

Elle aimait Rodney — et pourtant, elle lui avait imposé sa volonté personnelle.

Si elle l'avait détesté, sa conduite eût été excusable.

S'il lui avait été indifférent, ç'eût été moins grave.

Mais elle l'aimait et, malgré cela, elle l'avait privé d'un droit indiscutable, celui de choisir son mode, son genre de vie.

Sans vergogne, au moyen de ses armes de femme — l'enfant qu'elle portait dans ses flancs, celui qui était au berceau — elle lui avait retiré quelque chose qu'il n'avait jamais regagné. Elle lui avait retiré une fraction de son rôle, de son autorité d'homme.

Car, doux et gentil comme elle pouvait le reconnaître, il n'avait pas lutté pour se défendre. Si bien que, jusqu'à la fin de ses jours, il serait un homme frustré, un malheureux...

Elle gémit intérieurement : *Rodney... Rodney...*

Et elle songea : *Je ne peux pas lui rendre ce dont je l'ai privé... Je ne peux pas réparer le mal que j'ai commis... je n'y peux rien...*

Pourtant, je l'aime... Je l'aime vraiment...

Et j'aime Averil, Tony et Barbara...

Je les aime tous...

« Mais pas assez, répondit sa conscience — pas comme il aurait fallu. »

Et elle pensa : *Rodney... Rodney... Ne puis-je rien faire ? Ne puis-je rien dire pour réparer ?*

J'ai vécu loin de vous ce printemps.

Oui, j'ai vécu trop loin, se dit-elle, *depuis longtemps... depuis le début, depuis le printemps de notre amour.*

Je suis restée ce que j'étais — Blanche avait raison. J'ai toujours été la pensionnaire de Sainte-Anne —, vivant avec insouciance, me bornant à des pensées superficielles, contente de moi, redoutant tout ce qui pourrait me faire souffrir...

Sans courage...

Que faire ? se demanda-t-elle. *Que faire maintenant ?*

Une idée lui vint : *Je peux lui parler, je peux lui dire : Je regrette ! Pardonnez-moi !*

Oui, voilà ce que je vais faire. Lui dire : Pardonnez-moi ! Je ne savais pas ! Je ne me rendais vraiment pas compte...

Joan se leva. Ses pieds la soutenaient mal et elle reprit difficilement son équilibre.

Elle partit à pas lents, au prix de durs efforts, comme une vieille femme.

La marche était pénible ; il lui fallait commander un pied, puis l'autre...

Rodney, pensa-t-elle. *Rodney*...

Quel malaise elle éprouvait ! Quelle faiblesse...

Et le trajet ne finissait pas...

L'Hindou sortit du relais et courut à sa rencontre, la figure fendue par un sourire. De loin, il lui fit de grands gestes en criant :

— Bonne nouvelle, Memsahib ! Bonne nouvelle !

Elle le regarda d'un air hébété.

— Memsahib voir ? (Il tendit le bras.) Train arrivé ! Train à la gare. Vous, prendre le train ce soir !

Le train ? Le train, pour retrouver Rodney...

— Pardonnez-moi, Rodney... Pardonnez-moi...

Elle s'entendit rire, sauvagement, d'un rire de folle.

L'Hindou la dévisagea.

Elle retrouva sa présence d'esprit.

— Le train est arrivé, dit-elle, juste au bon moment.

11

Joan se crut la proie d'un rêve, oui, vraiment d'un rêve.

Traverser les enroulements de barbelés, flanquée du petit Arabe portant ses valises ! L'entendre parler d'une voix gutturale à un gros homme de mine patibulaire, qui était le chef de gare turc !

La silhouette connue du wagon-lit qui l'attendait, avec l'employé en tenue chocolat, penché à la portière !

La pancarte « Alep-Istanbul » sur le flanc du wagon !

Le lien qui unissait le relais d'étape dans le désert à la vie civilisée !

L'accueil poli, en français, le compartiment ouvert devant elle, le lit déjà fait, avec des draps, un oreiller !

Le retour à la civilisation !

Extérieurement, Joan était redevenue la voyageuse calme et avisée, la Mrs Scudamore qui avait quitté Bagdad moins d'une semaine auparavant. Elle était seule à connaître le changement étonnant, terrifiant même, qui existait sous cette façade.

Le train, avait-elle dit, était arrivé au bon moment, juste comme les dernières barricades, si soigneusement érigées durant des années, étaient emportées par un raz de marée de peur et de solitude.

Elle avait eu — comme d'autres avant elle — une vision, une vision d'elle-même. Et, malgré son aspect banal d'Anglaise en déplacement, versée dans les moindres détails du voyage, elle avait le cœur et l'esprit absorbés par l'humiliation du *mea culpa* qui lui avait été dicté dans le silence, sous le soleil.

Elle avait répondu presque machinalement aux réflexions et questions de l'Hindou.

« Pourquoi Memsahib pas venue déjeuner ? Déjeuner attendait. Très bon déjeuner. Presque 5 heures maintenant. Trop tard pour déjeuner. Memsahib vouloir thé ? »

Oui, avait-elle dit, elle prendrait du thé.

« Mais où Memsahib être allée ? Moi, cherché partout. Pas vu Memsahib. Pas savoir où être partie Memsahib. »

Elle avait été loin, dit-elle, plus loin que d'habitude.

« Imprudent. Très imprudent. Memsahib s'est perdue ? Plus savoir comment rentrer ? Peut-être trompée de route ? »

Oui, dit-elle, elle avait perdu son chemin, un moment ; mais, heureusement, elle avait le sens de l'orientation. Elle aimerait prendre du thé maintenant, puis se reposer. À quelle heure partirait le train ?

« À 8 heures et demie. Quelquefois attend que convoi arrive. Mais pas de convoi aujourd'hui. Gués très mauvais. Beaucoup d'eau. Torrents faire prouff ! »

Joan hocha la tête.

« Memsahib très fatiguée. Memsahib fièvre, peut-être ? »

Non, dit Joan, elle n'avait pas de fièvre, sûrement pas de fièvre. Plus maintenant.

« Memsahib différente. »

Oui, pensa-t-elle, Memsahib très différente ! Peut-être le changement se voyait-il sur son visage. Elle gagna sa chambre et interrogea le miroir criblé de saletés de mouches.

Le changement était-il visible ? Elle avait certainement vieilli. Ses yeux s'étaient cernés. Sa peau, couverte de poussière ocre, était striée de gouttes de sueur.

Elle se lava la figure, se donna un coup de peigne, se poudra, passa son bâton de rouge sur ses lèvres et reprit son examen.

Oui, tout compte fait, elle avait changé. Ce visage qui la scrutait si gravement avait perdu quelque chose. Quoi donc ? Son expression altière ?

Quelle horrible orgueilleuse elle avait été ! Elle ressentait encore ce profond dégoût qui l'avait prise ici, cette aversion d'elle-même, cette subite humiliation d'esprit.

Rodney, pensa-t-elle, *Rodney*...

Ce seul nom, doucement répété en pensée, l'apaisa.

Elle s'y cramponna, comme au symbole de ses résolutions. Elle allait tout avouer à Rodney, sans s'épargner elle-même. Voilà, sentait-elle, ce qui s'imposait. Ils recommenceraient, à eux deux, autant qu'ils pouvaient l'espérer à leur âge, une vie nouvelle. Elle lui dirait : « Je suis une sotte, une incapable. Apprenez-moi, par votre sagesse, par votre douceur, apprenez-moi à vivre. »

Après quoi, elle demanderait pardon. Car Rodney avait beaucoup à lui pardonner. Et, ce qui était merveilleux, c'est qu'il ne l'avait pas prise en haine... Quoi d'étonnant à ce que Rodney fût aimé de tous et adoré de ses enfants ? Averil elle-même, malgré les discussions qu'elle avait eues avec son père, n'avait jamais cessé de l'aimer. Quoi d'étonnant à ce que les domestiques eussent tout fait pour lui plaire et qu'il n'eût que des amis ? *Rodney*, pensa-t-elle, *n'avait jamais manqué de bonté pour personne*...

Elle soupira. Elle était exténuée, meurtrie de la tête aux pieds.

Elle but son thé, puis s'allongea sur son lit jusqu'à l'heure de dîner et de monter dans le train.

Elle n'éprouva pas une angoisse, pas une frayeur, elle ne chercha plus comment s'occuper, ni comment se distraire. Elle ne vit plus de lézards sortant de leurs trous pour la narguer.

Elle s'était révélée à elle-même, son être véritable lui était apparu.

Présentement, elle n'aspirait qu'à se reposer, étendue, l'esprit vide et paisible, ayant au fond de l'âme l'image confuse de Rodney, de sa physionomie bonne et triste...

Installée dans son compartiment, elle retrouva ce même état d'esprit. Elle avait écouté le rapport détaillé du conducteur sur l'accident de la ligne ; elle lui avait remis son passeport, ses billets et lui avait fait promettre de télégraphier à Istanbul pour lui réserver une place dans le Simplon-Orient-Express. Elle lui avait aussi confié un télégramme à expédier d'Alep à l'adresse de Rodney :

ARRIVÉE RETARDÉE. TOUT VA BIEN. TENDRESSE. JOAN.

Rodney le recevrait avant la date où il escomptait son retour.

Ainsi toutes les dispositions étaient prises et elle n'avait plus rien à faire, rien à prévoir. Elle pouvait se laisser vivre, comme un enfant fatigué.

Elle avait devant elle cinq jours de paix, de calme, pendant que le Taurus, puis l'Orient-Express fileraient vers l'Occident, la rapprochant à chaque instant de Rodney, du pardon.

Le train entra en gare d'Alep le lendemain à l'aube. Jusqu'alors, Joan avait été la seule voyageuse, à cause de la coupure des communications avec l'Irak ; mais, là, le train fut pris d'assaut. Les retards, les annulations, les contrordres dans la location des billets donnèrent lieu à un hourvari de cris, protestations, réclamations, disputes, dans toutes les langues.

Joan voyageait en première, mais les wagons-lits de première du Taurus-Express étaient du vieux modèle, qui ne comportait que des « doubles ». La porte de la cabine s'ouvrit et une grande femme en noir entra. Derrière elle, le conducteur recevait par la fenêtre les bagages que lui tendait un porteur.

La cabine parut vite encombrée par des valises de luxe, frappées d'une couronne.

La voyageuse parlait français à l'employé. Elle lui indiqua où placer les bagages. Puis l'homme se retira. Alors elle se retourna pour adresser un sourire à Joan, le sourire éprouvé d'une cosmopolite.

— Vous êtes anglaise ? dit-elle avec un soupçon d'accent étranger.

Elle avait un visage long, pâle, d'une exquise mobilité et des yeux gris clair assez beaux. Joan lui donna environ quarante-cinq ans.

— Excusez-moi de cette intrusion à l'aurore ! Le train passe ici à une heure véritablement indue et je trouble votre sommeil. Et puis, nous n'avons pas de chance : ce sont de vieilles voitures ! Les nouvelles n'ont que des « singles ». Mais, malgré cela... (Elle sourit, cette fois, d'un sourire doux, presque enfantin.) ... nous n'allons pas trop nous gêner l'une l'autre. Nous ne sommes qu'à deux jours d'Istanbul et je ne suis guère maniaque. Si je fume exagérément, dites-le-moi. Mais je vous laisse dormir. Je vais au wagon-restaurant. On l'accroche ici. (Elle fut projetée en avant sous l'effet d'une secousse qui prouvait l'exactitude de ses paroles.) J'attendrai qu'on serve le petit déjeuner. Je m'excuse encore de vous avoir dérangée.

— Je vous en prie ! C'est tout à fait naturel. Il faut s'attendre aux surprises du voyage.

— Je vois que vous êtes compréhensive. Tant mieux ! Nous allons nous entendre à merveille !

Elle sortit et, comme elle tirait la porte derrière elle, Joan entendit l'ovation que lui faisaient des amis, sur le quai, aux cris de « Sasha ! Sasha ! » puis les bribes d'une conversation tenue avec volubilité dans une langue inconnue.

Joan était tout à fait réveillée. La nuit l'avait reposée — elle dormait toujours parfaitement dans le train. Elle se leva pour s'habiller et, lorsque le train quitta la gare d'Alep, elle avait presque fini sa toilette. Dès qu'elle fut prête, elle sortit dans le couloir, mais non sans avoir jeté un coup d'œil sur les étiquettes fixées aux bagages de sa compagne. Elle lut : princesse Hohenbach Salm.

Au wagon-restaurant, elle trouva celle-ci attablée devant son petit déjeuner et en conversation fort animée avec un Français ventripotent. D'un geste, la princesse salua Joan et lui indiqua le siège vacant à ses côtés.

— Comme vous êtes courageuse ! s'écria-t-elle. À votre place, je me serais rendormie. Mais, M. Baudier, continuez ! Ce que vous me racontiez m'intéressait au plus haut point.

La princesse parlait français à M. Baudier, anglais à Joan, turc — couramment — au garçon et, de temps en temps, toujours avec la même aisance, elle échangeait un mot en italien, par-dessus l'allée centrale, avec un officier italien à mine sombre.

Le Français adipeux eut vite fini sa légère collation et il se retira en faisant un salut de courtoisie.

— Vous êtes polyglotte ! dit Joan à la princesse.

Le long et pâle visage esquissa un sourire empreint de mélancolie.

— Par nécessité, répondit la princesse. Je suis russe, vous le voyez. J'ai épousé un Allemand et j'ai beaucoup vécu en Italie. Je parle huit ou neuf langues, plus ou moins bien. C'est tellement agréable, ne trouvez-vous pas, de faire la conversation ? Tous les êtres humains sont intéressants et la vie est si courte ! Il faut communiquer, échanger ses idées. Il n'y a pas assez d'affection sur terre, à mon avis. « Sasha, me disent mes amis, il est impossible d'aimer certaines gens : les Turcs, les Arméniens, les Levantins. » Mais je maintiens mon opinion. Tout le monde m'intéresse. Garçon ! L'addition !

Joan cilla légèrement, car cette dernière phrase était proférée sans transition avec les précédentes.

Le garçon s'empressa, plein de respect et Joan se dit avec conviction que sa compagne de voyage était une personnalité de haut rang social.

Toute la matinée et l'après-midi, le train sinua en plaine, puis il s'engagea lentement sur les flancs du Taurus.

Assise dans son coin, Sasha lisait, fumait, livrait par moments une réflexion inattendue et parfois embarrassante. Joan subit peu à peu le charme de cette femme extraordinaire, qui provenait d'un monde opposé au sien et dont la tournure d'esprit différait totalement de tout ce qu'elle avait connu jusqu'alors.

Ce mélange de manières impersonnelles et de familiarité exerçait sur elle une séduction étrange et irrésistible.

Incidemment, Sasha lui dit :

— Vous ne lisez pas ? Et vous n'avez pas d'ouvrage ! Ni de tricot ! C'est rare chez une Anglaise. Et pourtant vous êtes typiquement, foncièrement anglaise.

Joan sourit.

— Je n'ai plus rien à lire. Je suis restée en panne à Tell Abu Hamid, à cause d'une inondation sur la ligne et j'ai fini tous les romans que j'avais emportés.

— Mais vous vous en passez facilement ? Vous n'avez pas eu envie d'acheter un livre à la gare d'Alep ? Non, vous êtes contente de passer votre temps sans rien faire, de regarder défiler les montagnes. Et cependant vous ne les voyez pas. Ce que vous voyez n'est visible qu'à vous seule, n'est-ce pas ? Vous réalisez en vous-même une grande passion, ou bien vous en ruminez le souvenir. Vous abritez une grande tristesse. Ou un grand bonheur ?

Joan hésita, en fronçant légèrement les sourcils.

Sasha éclata de rire.

— Ah ! dit-elle, vous êtes bien anglaise ! Vous estimez ces questions indiscrètes : les Russes les trouvent toutes naturelles. Quelle curieuse mentalité vous avez ! Si je vous demandais d'où vous venez, dans quels hôtels vous êtes descendue, quels paysages vous avez vus et si vous avez des enfants, ce qu'ils font et si vous avez beaucoup voyagé et si vous connaissez un bon coiffeur à Londres, à tout cela vous vous empresseriez de répondre. Mais, si je vous pose les questions qui me viennent à l'esprit : êtes-vous sous le coup d'une grande tristesse ? Votre mari vous est-il fidèle ? Avez-vous eu beaucoup d'amants ? Croyez-vous à l'amour de Dieu ? Tout cela vous hérisse, vous scandalise. Et pourtant ces affaires-là sont plus intéressantes que les autres, *nicht wahr ?*

— Je crois, dit posément Joan, que nous sommes un peuple très réservé.

— Oui, je le sais. On ne peut même pas demander à une Anglaise mariée depuis peu : « Attendez-vous un enfant ? » Du moins, il ne faut pas le lui demander d'un bout à l'autre de la table, au cours d'un déjeuner. Non, il faudrait la prendre à part et le lui susurrer. N'empêche que, si le bébé est là, si vous le voyez dans son berceau, il est correct de s'enquérir de sa santé.

— Oui, cette question-là serait trop intime, vous comprenez ?

— Non, je ne vois pas pourquoi. J'ai retrouvé l'autre jour une amie que j'avais perdue de vue depuis plusieurs années, une Hongroise. « Mitzi, lui dis-je, voilà longtemps que tu es mariée et tu n'as pas d'enfants ! Comment cela se fait-il ? » Elle me répondit qu'elle ne se l'expliquait pas. Et ce n'était pas faute d'avoir fait l'impossible, depuis cinq ans ! Son mari et elle n'avaient rien à se reprocher... Si j'avais des conseils à lui donner, elle était toute prête à les suivre. Comme cette conversation était tenue au cours d'un déjeuner où nous étions une bande d'amis, chacun y est allé de sa petite histoire et certains affirmèrent leur recette infaillible. Qui sait ? L'une ou l'autre réussira peut-être !

Joan demeura sceptique et impassible.

Mais tout à coup, elle sentit sourdre en elle le désir d'ouvrir son cœur à cette inconnue si curieusement amicale. Une sorte de frénésie la prit de raconter la crise qu'elle avait traversée, afin de s'assurer, pour ainsi dire, que cette crise avait effectivement eu lieu.

Alors, avec difficulté, elle articula :

— Vous avez deviné. Je viens de vivre des jours bouleversants.

— *Ach ! Yes ?* De quelle nature ? Avec un homme ?

— Non ! Oh ! non ! Pas du tout.

— Tant mieux ! Ces fugues amoureuses sont trop fréquentes et franchement bien banales.

— Non. J'étais toute seule, au relais de Tell Abu Hamid, un endroit horrible, plein de mouches, d'immondices, de barbelés et d'une obscurité lugubre à l'intérieur...

— Cette obscurité est nécessaire, à cause de la chaleur ; mais je comprends que vous en ayez souffert.

— Je n'avais personne à qui parler, j'ai eu vite épuisé ma provision de lecture et je suis tombée... je suis tombée dans un état de trouble épouvantable.

— Oh ! cela peut arriver. Vous m'intéressez prodigieusement. Et alors ?

— J'en suis venue à faire des découvertes en moi-même, à prendre conscience de choses que j'ignorais, — ou plutôt, non... de choses que je connaissais, mais que je n'avais pas voulu admettre. Je ne peux pas vous expliquer...

— Mais si, vous le pouvez. Il n'y a rien de plus simple. Je vous comprends parfaitement.

Sasha manifestait un intérêt si naturel et si sincère que Joan se lança d'instinct dans des confidences. Sasha trouvait tellement normal de parler de ses sentiments personnels et de sa vie privée que Joan se laissa influencer.

Elle perdit petit à petit son hésitation et décrivit son malaise, ses frayeurs et jusqu'à la panique où elle était arrivée.

— Je suis sûre que je vous parais idiote, mais je me sentais complètement perdue, seule, abandonnée de Dieu Lui-même...

— Oui. D'autres ont connu cela. Moi-même... Se débattre dans les ténèbres, c'est horrible.

— Je ne me débattais pas dans les ténèbres : j'étais au contraire aveuglée par la lumière, par une lumière impitoyable... sans un abri, sans protection, sans ombre.

— Cela revient au même. Pour vous, la lumière crue était un supplice parce que vous aviez longtemps vécu en vous cachant la vérité, en la mettant à couvert, en l'enfonçant dans l'ombre. Moi, je souffrais de l'obscurité : de ne pas distinguer ma route, d'être perdue dans la nuit. Mais l'épreuve est la même ; c'est l'impression qu'on a tout raté et que Dieu vous délaisse.

Joan reprit lentement :

— Tout à coup, il s'est produit comme un miracle. J'ai tout compris : ce que j'étais, ce que j'avais fait. Tous mes stupides faux-semblants, mes simulacres se sont dilués. Je crois tout à fait... je crois renaître dans la personne d'une autre !

Elle regarda anxieusement sa voisine. Sasha baissait la tête.

— Alors, j'ai discerné mon devoir. Il me commande de rentrer chez moi et de tout modifier..., de construire une vie nouvelle, de repartir de zéro...

Ces mots tombèrent dans le silence. Sasha regarda Joan d'un air pensif. Joan, vaguement déroutée, dit avec une sorte de timidité :

— Oh ! j'avoue que cela paraît bien dramatique et excessif...

Sasha l'interrompit :

— Non, non, vous ne comprenez pas. Votre crise est parfaitement vraisemblable. Elle est arrivée à d'autres, à saint Paul, à d'autres saints et à de simples mortels, à des pécheurs. C'est une conversion, une révélation. L'âme s'aperçoit de sa médiocrité, de sa tiédeur. Oui, c'est absolument réel, autant que de se laver les dents, ou de manger. Mais je me demande, tout de même, je me demande...

— Je sens tellement que j'ai été sèche de cœur envers quelqu'un que j'aime...

— Oui, vous avez des remords.

— Aussi je suis impatiente d'arriver, d'arriver chez moi. Il me tarde de lui parler, de lui dire...

— Qui est-ce : *lui* ? Votre mari ?

— Oui. Il a toujours été si bon, si patient ! Mais il n'a pas été heureux. Je ne lui ai pas donné le bonheur.

— Et vous pensez que vous réussirez mieux à le lui donner maintenant ?

— Il faut au moins que je lui explique... qu'il sache combien je regrette, qu'il m'aide à... Oh ! comment dirai-je ? (Les termes de la prière de communion lui traversèrent l'esprit.) À mener dorénavant une vie nouvelle.

Sasha lui dit gravement :

— Les saints y arrivent...

Joan sursauta :

— Mais je ne suis pas une sainte !

— C'est bien à cela que je pense. (Sasha réfléchit un instant et dit sur un autre ton :) Excusez-moi de vous le dire. Je peux me tromper.

Joan parut légèrement perplexe.

Sasha alluma de nouveau une cigarette et en tira des bouffées rapides, en regardant par la fenêtre.

— Je ne sais pas, dit Joan d'un air égaré, pourquoi je vous ai fait ces confidences...

— Sans aucun doute, parce que vous aviez envie de les faire à quelqu'un, d'en parler. Cela vous obsédait, vous aspiriez à vous libérer : c'est assez naturel.

— Je suis tellement réservée, d'ordinaire !

Sasha s'amusa de cette remarque.

— Et vous en êtes si fière ! Comme tous les Anglais. Oh ! quelle race bizarre ! Vraiment bizarre, tellement pudique, tellement embarrassée de ses vertus, toujours prête à reconnaître, à clamer ses faiblesses !

— Il me semble que vous exagérez un peu ! dit Joan en se raidissant.

Elle se sentit tout à coup très britannique, très différente de l'étrangère au visage pâle, exotique, qui lui parlait de l'autre coin de la cabine, très différente de cette femme à laquelle, moins d'un instant plus tôt, elle avait livré son secret.

Elle reprit sa voix la plus conventionnelle :

— Avez-vous une place retenue dans le Simplon-Express ?

— Non. Je passe la nuit à Istanbul et, de là, je partirai pour Vienne.

Elle ajouta négligemment :

— Je vais peut-être y mourir. C'est dans les choses possibles...

— Avez-vous ?... (Joan hésita, perplexe.) Avez-vous un pressentiment ?

— Certes non ! répondit Sasha dans un éclat de rire. Non, il n'est pas question de pressentiment ; je vais à Vienne pour une opération, une opération très grave, qui ne réussit pas souvent. Mais je connais de bons chirurgiens à Vienne. Celui auquel je m'adresse est très adroit. C'est un Juif ! J'ai toujours dit que ce serait stupide de chasser tous les Juifs hors d'Europe. Ils sont très forts en médecine et en chirurgie. Ils sont également très doués pour les arts...

— Oh ! comment pouvez-vous ?... Quelle horreur !

— Penser que je vais peut-être mourir ? Mais quelle importance ? Il faut mourir un jour. Et je n'en suis peut-être pas là. Si je me remets de cette opération, j'ai idée d'entrer au couvent, dans un ordre de règle très sévère, où on ne parle pas, où on passe son temps en méditation et en prière.

Joan ne réussit pas à imaginer Sasha condamnée à perpétuité au silence et à la méditation.

Mais Sasha reprit gravement :

— Le monde aura bien besoin de prières, sous peu, à cause de la guerre...

Joan sursauta.

— La guerre ?

Sasha opina de la tête.

— Mais oui, sans aucun doute, la guerre menace. Elle éclatera l'année prochaine, ou l'année suivante.

— Sincèrement, dit Joan, je crois que vous vous trompez.

— Non, non. J'ai des amis qui sont très bien informés : ils me l'ont assuré. C'est absolument certain.

— Mais la guerre où ? Contre qui ?

— La guerre mondiale. Toutes les nations y seront entraînées. D'après mes amis, l'Allemagne triomphera vite ; mais je ne le crois pas, à moins qu'elle ne remporte la victoire avec une rapidité surprenante. Je connais beaucoup d'Anglais et d'Américains, vous savez : ils auront le dernier mot.

— Personne ne peut vraiment vouloir la guerre, dit Joan d'un air incrédule.

— Pourquoi donc aurait été créé le mouvement des jeunesses hitlériennes ?

Joan répondit avec conviction :

— Moi, j'ai des amis qui vont souvent en Allemagne. D'après eux, le régime nazi a beaucoup de bons côtés.

— Oh ! là ! là ! s'écria Sasha. Vous verrez s'ils le diront encore d'ici à trois ans !

Un arrêt du train la projeta en avant.

— Ah ! nous arrivons aux portes de la Cilicie. C'est magnifique, n'est-ce pas ? Allons voir le paysage.

Elles descendirent du train et contemplèrent, au-delà d'une large brèche de la chaîne de montagnes, la plaine bleuâtre qui se perdait dans la brume.

La nuit tombait, l'air était exquisément frais et calme.

Que c'est beau ! pensa Joan.

Elle regretta que Rodney ne fût pas auprès d'elle pour admirer ce crépuscule.

12

Victoria Station !...

Joan sentit son cœur palpiter. Quel plaisir, quel bonheur d'être rentrée chez soi !

Pendant un moment, elle oublia complètement son voyage et fut tout à l'admiration de la Grande-Bretagne. Son pays ! Comme les porteurs anglais étaient beaux ! Le temps, lui, n'était pas beau, mais typiquement anglais, un bon temps de brouillard.

Et Victoria Station ! Dénuée de pittoresque et de beauté, mais c'était la chère vieille gare, identique à elle-même, offrant les visions connues, les odeurs connues !

Oh ! pensa Joan, *je suis heureuse d'être rentrée.*

Après ce long et fatigant voyage à travers la Turquie, la Bulgarie, la Yougoslavie, l'Italie et la France, après les visites de douane et l'examen des passeports, après avoir vu cette diversité d'uniformes, entendu cette variété de langues, elle était dégoûtée, oui, dégoûtée à jamais de tout ce qui était étranger. Même cette femme extraordinaire, cette Russe qui avait partagé sa cabine d'Alep à Istanbul, avait fini par l'importuner. Elle l'avait intéressée, passionnée même, au début, à simple titre d'échantillon d'une race si différente de la sienne ; mais, à partir du moment où le train avait longé la mer de Marmara, vers Haidar Pacha, Joan avait carrément aspiré à l'instant de leur séparation. D'abord, elle était gênée par le souvenir de la liberté avec laquelle elle avait parlé de sa vie privée à une inconnue, vraiment une inconnue. En outre, c'était difficile à préciser, mais Joan s'était sentie indéniablement provinciale... Impression déplaisante. Il ne lui avait servi à rien de se dire que, toute provinciale qu'elle était, elle pouvait tenir tête à n'importe qui : elle ne s'était pas convaincue. Elle avait été ennuyée de constater que Sasha, certes, avait été très gentille, mais que c'était une aristocrate, tandis qu'elle-même n'était qu'une petite bourgeoise obscure, l'épouse d'un avoué de petite ville... Mais cette pensée était stupide !...

De toute façon, maintenant, la page était tournée. Elle retrouvait son pays et foulait le sol natal.

Personne ne l'attendait à la gare puisqu'elle n'avait pas envoyé d'autre télégramme à Rodney. Il ne savait donc pas quand elle arriverait.

Elle avait le désir très net de ne vouloir le retrouver que chez eux. Elle voulait se confesser immédiatement, sans être interrompue, ni empêchée. Être à la maison faciliterait ses épanchements.

On n'imagine pas une femme implorant de but en blanc le pardon de son mari à la descente du train, sur le quai de Victoria Station !

Rien de moins propice aux aveux que ce quai encombré, l'agitation de cette foule, voire les hangars de la douane.

Non, elle passerait une nuit réparatrice au *Grosvenor* et, le lendemain, elle descendrait à Crayminster.

Elle se demanda si elle chercherait à voir Averil auparavant. Elle pourrait lui téléphoner de l'hôtel.

Oui, décida-t-elle, elle le ferait peut-être.

Comme elle n'avait que des bagages à main, qui avaient été visités par la douane à Douvres, elle put aller droit à l'hôtel, escortée de son porteur.

Elle prit un bain, fit toilette, puis appela sa fille Averil au téléphone. Par un heureux hasard, Averil était chez elle.

— C'est vous, mère ? Je ne vous savais pas rentrée.

— Je suis arrivée cet après-midi.

— Papa est-il à Londres ?

— Non. Je ne lui ai pas annoncé mon arrivée. Il serait peut-être venu à ma rencontre et cela l'aurait dérangé dans son travail — et fatigué.

Joan crut percevoir une petite intonation de surprise dans la voix d'Averil, quand celle-ci répondit :

— Oui, vous devez avoir raison. Il avait beaucoup de travail, ces temps-ci.

— L'as-tu vu souvent en mon absence ?

— Non. Il est venu passer la journée à Londres, il y a environ trois semaines et nous avons déjeuné ensemble. Que faites-vous ce soir, mère ? Voulez-vous venir dîner au restaurant avec moi ?

— Je préférerais te voir ici, chérie, si cela ne t'ennuie pas. Le voyage m'a un peu fatiguée.

— C'est bien naturel. Entendu, j'arrive tout de suite.

— Edward t'accompagne ?

— Non. Il a un dîner d'affaires, ce soir.

Joan raccrocha le récepteur. Son cœur palpitait à un rythme plus vif que d'habitude.

Averil, pensa-t-elle, *mon Averil...*

Comme la voix d'Averil était froide, évasive ! Comme elle était calme, détachée, impersonnelle !

Une demi-heure plus tard, on la prévint que Mrs Harrison-Wilmott était dans le hall. Joan descendit.

La mère et la fille s'embrassèrent avec la retenue britannique. Averil paraissait en bonne santé, pensa Joan. Elle n'était pas outrageusement maigre. Joan sentit un petit émoi orgueilleux en entrant avec elle au restaurant de l'hôtel. Averil était réellement très jolie, d'une beauté fine et distinguée.

Elles s'attablèrent. Joan croisa le regard de sa fille et en ressentit une secousse.

Ce regard était d'une froideur, d'une indifférence !

Averil, comme Victoria Station, n'avait pas changé.

C'est moi qui ai changé, se dit Joan ; *mais Averil ne le sait pas.*

Averil demanda des nouvelles de Barbara et une description de Bagdad. Joan raconta les péripéties de son voyage de retour. La conversation n'allait pas toute seule, elle ne coulait pas de source. Averil s'enquérait de Barbara d'une manière un peu superficielle. Elle semblait pressentir que des questions plus précises eussent été indiscrètes. Pourtant, Averil ne pouvait rien savoir de la vérité... Non, elle avait simplement gardé son genre habituel, son indifférence courtoise.

La vérité ? se dit subitement Joan. *Comment sais-je que c'est la vérité ? Cela ne peut-il être pure imagi-*

nation de ma part ? Somme toute, il n'y a aucune preuve palpable...

Elle chassa cette idée ; mais le seul fait de l'avoir eue en tête l'ébranla. Comment savoir si elle n'était pas de ces gens qui ont des lubies ?

Averil déclara de sa voix désinvolte :

— Edward est convaincu de l'imminence de la guerre contre l'Allemagne.

Joan retrouva sa présence d'esprit.

— Une compagne de voyage m'a dit cela. Elle en semblait certaine. C'était une personnalité, qui avait l'air bien informée. Moi, je ne peux pas le croire. Hitler n'oserait pas déclencher les hostilités.

— Je ne sais pas, dit rêveusement Averil.

— Personne ne veut la guerre, chérie.

— Oh ! on ne fait pas toujours ce qu'on veut !

Joan affirma résolument :

— Je trouve que ce sujet de conversation est très dangereux. Il finit par mettre cette idée de guerre dans la tête des gens...

Averil sourit.

Elles continuèrent à échanger des propos décousus. En sortant de table, Joan bâilla. Averil dit tout de suite qu'elle ne voulait pas prolonger la soirée en risquant de fatiguer sa mère.

Joan avoua qu'en effet, elle était assez lasse.

Le lendemain matin, Joan fit quelques emplettes, puis elle prit le train de 14 h 30 pour Crayminster. Elle y arriverait peu après 4 heures. Elle attendrait ainsi Rodney et le verrait rentrer de la charge, à l'heure du thé.

Elle fit tout le trajet en regardant par la portière avec plaisir. Le paysage n'avait guère d'intérêt en cette saison : les arbres étaient dénudés, une pluie fine tombait en brouillard ; mais comme tout ceci était naturel, comme tout ceci lui était familier !

Bagdad, avec ses bazars grouillants, ses mosquées aux coupoles bleu et or, s'estompait. Elle ne l'avait peut-être jamais vu. Ce voyage interminable, ces visions fantastiques, les plaines d'Anatolie, les neiges et la chaîne de montagnes du Taurus, les hauts plateaux déserts, la longue descente à travers les gorges rocailleuses vers le Bosphore, Istanbul avec ses minarets, les pittoresques charrettes à bœufs des Balkans, l'Italie, la mer Adriatique, scintillante au départ de Trieste, la Suisse et les Alpes à la tombée de la nuit, ce panorama varié, cette suite de décors et de scènes, tout ceci aboutissait à ce retour chez elle, à travers la paisible campagne d'hiver.

Je ne suis peut-être jamais partie, pensa Joan. *Je n'ai peut-être pas été au loin, à l'étranger...*

Elle se troubla et se sentit incapable de coordonner, de clarifier ses idées. La vue d'Averil, la veille au soir, lui avait fait tout remettre en question. Ces yeux froids fixés sur elle, ce regard calme, indifférent...

Averil, pensa-t-elle, *ne m'a pas trouvée changée.*

Mais, au fond, comment Averil aurait-elle perçu ce changement ?

Ce n'était pas son aspect physique qui avait changé.

Elle murmura très doucement en elle-même :

Rodney...

La flamme intérieure se ralluma, la tristesse lui revint, avec une furieuse impatience d'amour et de pardon...

Mais si, c'est vrai ! pensa-t-elle. *Je commence une nouvelle existence...*

Elle prit un taxi, sortit de la gare. Agnes lui ouvrit la porte et manifesta une surprise et une joie flatteuses.

Monsieur, dit Agnes, serait content.

Joan monta dans sa chambre, retira son chapeau et redescendit. Le salon avait l'air un peu nu, mais parce qu'il manquait de fleurs.

Je couperai du feuillage demain matin, se dit-elle. *Et j'achèterai quelques œillets chez le fleuriste du coin.*

Elle arpenta la pièce, en proie à une excitation nerveuse.

Dirait-elle à Rodney ce qu'elle avait deviné au sujet de Barbara ? Après tout, si ce n'était pas...

Eh bien ! oui, si ce n'était pas vrai ! Elle avait inventé toute cette fable. Elle avait forgé ce roman à la suite de ce que lui avait dit cette stupide Blanche Haggard — non : Blanche Donovan. Vraiment, pouvait-on accorder quelque crédit à Blanche ? à cette vieille femme tellement vulgaire ?

Joan passa la main sur son front. Elle sentait dans sa tête un kaléidoscope... Quand elle était enfant, on lui avait donné un kaléidoscope. Ce jeu la passionnait. Elle haletait en regardant les verres de couleur tourner avant de s'immobiliser en formant un dessin.

Quelles idées folles avaient surgi lors de son voyage ?

Cette horrible atmosphère du relais et cette crise bizarre dans le désert lui avaient fait imaginer toutes sortes d'atrocités : que ses enfants ne l'aimaient pas, que Rodney avait été amoureux de Leslie Sherston — ce qui était certainement faux. Quelle idée ! Pauvre

Leslie ! Et elle avait été jusqu'à se reprocher d'avoir contrarié Rodney au moment où cette lubie d'agriculture l'avait pris ! En réalité, elle avait fait preuve de bon sens, elle avait su voir loin...

Oh ! Dieu ! pourquoi se troublait-elle ainsi ? Toutes ces horreurs tenues pour exactes, toutes ces suppositions odieuses...

Étaient-elles vraies ? Ou ne l'étaient-elles pas ? Elle ne voulait pas qu'elles fussent vraies...

Il fallait décider, il fallait choisir... Mais à quel sujet devait-elle choisir ?

Le soleil, pensa Joan, le soleil tapait dur... Le soleil peut donner des hallucinations...

Elle avait couru dans le désert..., elle était tombée sur le sable... elle avait prié...

Était-ce bien réel ?

Ou bien ?...

Folie, démence, de s'être forgé ces idées... Quel réconfort, quelle joie de se retrouver chez elle et de sentir qu'elle ne s'était pas absentée, que tout était absolument tel qu'elle le pensait...

Car, de toute évidence, tout était bien conforme à ce qui avait toujours été.

Le kaléidoscope tournait, tournait...

Et s'arrêtait tout à coup pour montrer un dessin, ou un autre :

« Rodney, pardonnez-moi ! Je ne savais pas... »

Ou bien : « Rodney, me voilà ! Si contente d'être rentrée ! »

Que choisir ? Quel accueil faire à Rodney ? Elle devait se décider.

Elle entendit ouvrir la porte d'entrée, le bruit qu'elle connaissait si bien ! Toujours le même...

Rodney approchait...

Que choisir ? Comment savoir ? Vite !

La porte du salon s'ouvrit. Rodney entra. Il s'arrêta, sous le coup de la surprise...

Joan s'élança. Mais elle ne le regarda pas tout de suite en face. *Donnons-lui un moment*, se dit-elle. *Donnons-lui un moment...*

Puis elle lui dit gaiement :

— Me voilà, Rodney ! Si contente d'être rentrée !

ÉPILOGUE

Rodney Scudamore, installé dans son petit fauteuil à dossier bas, regardait son épouse servir le thé, faire tinter les petites cuillers et papoter avec entrain. Elle s'extasiait sur l'agrément d'être au foyer, sur la joie délicieuse de retrouver tout ce qu'elle avait quitté. Rodney, répétait-elle, ne pouvait pas se figurer combien elle était heureuse d'être rentrée en Angleterre, rentrée à Crayminster, rentrée à la maison !

Contre le carreau de la fenêtre, une grosse mouche bleue, trompée par la chaleur anormale de ce début de novembre, bourdonnait avec insistance du haut en bas de la vitre.

Bzzz-bzzz-bzzz, faisait la grosse mouche.

Pia-pia-pia, faisait Joan Scudamore.

Rodney se mit à sourire en dodelinant de la tête.

Bruits, pensa-t-il. *Bruits que tout cela.*

Certains y trouvent une signification. D'autres ne leur en voient aucune.

Il s'était mépris, tout compte fait, en croyant que Joan avait une préoccupation, ou un regret, bref un tracas quelconque, au moment où ils s'étaient retrouvés. Joan ignorait les préoccupations, les regrets. Elle était identique à ce qu'elle avait toujours été. Tout demeurait comme d'habitude.

Au bout d'un moment, Joan monta défaire ses bagages et Rodney traversa le vestibule pour s'enfermer dans son bureau, où il avait apporté un peu de travail à faire.

Mais, avant de s'y attaquer, il ouvrit le premier tiroir de sa table et sortit la lettre de Barbara. Arrivée par avion, elle avait été envoyée quelques jours avant le départ de Joan de Bagdad.

Elle était longue, écrite en lignes serrées et il la connaissait presque par cœur. Cependant il la parcourut de nouveau, en se pénétrant surtout de la dernière page.

Maintenant vous savez tout, papa chéri. J'avoue que vous l'aviez plus ou moins deviné. Mais ne vous tracassez pas à mon sujet. Je me borne à penser que j'ai été idiote et criminelle. Rappelez-vous que maman n'en sait rien. Il n'a pas été facile de la tenir à l'écart, mais le docteur McQueen a joué son rôle à merveille et William a été magnifique. Je ne sais vraiment pas ce que j'aurais fait sans lui. Il ne m'a pas quittée, prêt à isoler mère, si besoin était. Le télégramme annonçant qu'elle arrivait m'avait littéralement atterrée ! Je me disais que vous aviez sans doute essayé de la retenir, papa chéri, et qu'elle ne s'était pas laissé dissuader. Je trouvais d'ailleurs son idée extrêmement gentille, à certains points de vue ; mais elle se proposait sans doute de réorganiser toute notre existence... Il y avait de quoi perdre la tête et j'étais trop affaiblie pour soutenir la lutte !

Je commence seulement à sentir combien je tiens à Mopsy. Elle est adorable ! Je voudrais tant vous la montrer ! Je me demande si vous nous aimiez quand nous avions son âge, ou seulement quand nous étions plus grands. Papa chéri, je suis si heureuse de vous avoir pour père !... Ne vous tourmentez pas à mon sujet. Je suis tout à fait d'aplomb, maintenant.

Votre affectionnée,
Barbara.

Rodney hésita un moment devant cette lettre. Il aurait voulu la garder. C'était d'une grande valeur pour lui, cette déclaration de foi et de confiance en lui de la part de sa fille.

Mais, dans l'exercice de sa profession, il n'avait constaté que trop souvent le danger de conserver des lettres. S'il mourait subitement, Joan rangerait ses papiers, tomberait sur celui-ci et en souffrirait inutilement. Il fallait lui éviter toute peine, toute vexation. Qu'elle se maintienne heureuse et tranquille dans l'univers serein, facile, qu'elle s'était édifié !

Il traversa la pièce et jeta la lettre de Barbara au feu. Oui, pensa-t-il, elle sera tout à fait d'aplomb, maintenant. Le ménage sera heureux. Barbara l'avait beaucoup préoccupé, à cause de son manque de maturité et de sa nature profondément émotive. Eh bien ! la crise avait eu lieu et Barbara en était sortie, non sans meurtrissure, mais vivante. Et déjà elle se réjouissait d'avoir Bill et Mopsy dans sa vie. Un brave garçon, ce Bill. Il fallait espérer qu'il n'avait pas trop souffert.

Oui, Barbara était sur la bonne route. Et Tony, lui aussi, avait trouvé sa voie. Cette plantation d'orangers en Rhodésie, c'était bien loin ; mais ce genre d'existence lui convenait. Et sa jeune femme paraissait digne de lui. Tony n'avait jamais beaucoup souffert et il ne souffrirait peut-être jamais beaucoup. Il était de la catégorie heureuse des sans-souci.

Averil était dans son élément, elle aussi. Chaque fois qu'il pensait à elle, c'était avec orgueil plus qu'avec pitié. Il était fier de cette fille à l'esprit logique et positif, éprise de stabilité, d'une ironie cinglante dans ses propos, si difficile à influencer, si intransigeante, bref, si contraire à ce qu'évoquait le prénom que lui avaient donné ses parents !

Il avait été en lutte avec Averil, l'avait attaquée et vaincue, au moyen des seules armes que cette fille altière pouvait admettre, au moyen d'armes que lui-même trouvait ignoble d'employer. Ses raisons froides, impitoyables, elle s'y était rangée.

Lui avait-elle pardonné ? Il ne le croyait pas. Mais peu importait. S'il avait déraciné la tendresse qu'elle éprouvait pour lui, il avait consolidé, renforcé son respect filial et, en fin de compte, pour un esprit comme celui-là, pour un être d'une rigueur implacable, le respect commandait.

La veille du mariage d'Averil, par-dessus l'abîme qui les séparait alors, il avait dit à sa fille bien-aimée : « J'espère que tu seras heureuse. »

Elle avait calmement répondu : « J'essaierai. »

C'était tout à fait Averil ! Ne cherchant pas l'héroïsme, ne s'appesantissant pas sur le passé, ne s'apitoyant pas sur elle-même, acceptant l'existence avec discipline, capable de se débrouiller sans appeler à l'aide.

Tous les trois, pensa Rodney, *sont lancés dans la vie. Ils n'ont plus besoin de moi...*

Il écarta les papiers qui jonchaient son bureau, prit le dossier Massingham et alla s'asseoir au coin de la cheminée. Poussant un petit soupir, il commença la lecture du bail :

Le bailleur donne à bail à ferme au preneur, à la volonté réciproque des deux parties, la totalité d'une ferme comprenant bâtiments, terres et bornages, sis à...

Il continua, puis tourna la page :

... sous condition de ne pas récolter consécutivement plus de deux moissons de blé sur une partie quelconque de terre arable sans une jachère d'été. (Une récolte de navets et colza semée en terre labourée et fumée, et pacagée sur place par des moutons, sera considérée comme équivalant à une jachère.)

Ses doigts lâchèrent la page et son regard se posa sur le fauteuil vide qui lui faisait vis-à-vis.

C'est là qu'était assise Leslie, quand ils avaient discuté tous deux du sort des enfants et de l'opportunité de leur faire reprendre la vie de famille avec Sherston. Elle leur devait, avait-il dit, beaucoup d'égards.

Elle ne cessait d'y réfléchir, avait-elle répondu, mais, malgré tout, Sherston était leur père.

Un père qui sortait de prison, s'était-il écrié, un ancien gibier de potence ! Il fallait tenir compte de l'opinion publique, de l'ostracisme dont ils seraient l'objet. Elle allait les déclasser, les punir injustement. Elle devait considérer ces arguments, craindre d'assombrir leur jeunesse. Il fallait leur donner de bonnes armes pour la vie !

Elle avait riposté : « Mais précisément ! Charles est leur père ! À la rigueur, je pourrais le priver de ses enfants ; mais, à mes enfants, je dois rendre leur père. Certes, je souhaiterais qu'ils en aient eu un autre, plus édifiant, mais le fait est là ! »

Et elle avait ajouté : « Quel départ dans la vie prendraient-ils s'ils commençaient par fuir ce qui est ? »

Il comprenait son idée, sans doute, mais ne l'approuvait pas. Il avait toujours cherché à mettre ses enfants dans les meilleures conditions. Joan et lui s'y étaient toujours efforcés — ils leur avaient donné les chambres les plus ensoleillées de la maison. Et ils n'avaient jamais reculé devant le sacrifice.

Il est vrai que, dans leur famille, aucun problème moral ne s'était jamais posé. Ils n'avaient connu ni déshonneur, ni période trouble, aucun échec, ni déception, aucune angoisse et jamais une difficulté de cet ordre ne les avait amenés à se demander s'il fallait dissimuler, ou, au contraire, révéler quoi que ce fût aux enfants.

Il voyait bien que, d'après Leslie, il fallait avouer aux enfants la tare de la famille... Malgré son amour maternel, elle décidait sans frémir de mettre une part de son fardeau sur ces jeunes, sur ces frêles épaules. Non par égoïsme, non pour alléger sa propre charge, mais parce qu'elle refusait de leur cacher la plus petite part, si dure à supporter fût-elle, de la réalité.

Eh bien ! il estimait qu'elle faisait erreur. Certes, il saluait, une fois de plus, son courage. Mais elle dépassait les bornes du courage, puisqu'elle en demandait à ses enfants.

Il se rappela Joan lui disant, un jour d'automne, à la charge :

« Du courage ? Oh ! oui, mais le courage, ce n'est pas tout. »

À quoi il avait répondu : « Vraiment ? »

Et il revit Leslie, assise en face de lui, haussant un peu son sourcil gauche, baissant un peu son sourcil droit, faisant son petit sourire de travers et appuyant sa tête contre le coussin bleu fané qui donnait à ses cheveux un reflet presque... vert.

Il se souvint, légèrement étonné, de lui avoir dit :

« Je croyais vos cheveux châtains. Ils sont verts ! »

Il ne lui avait jamais fait de remarque aussi personnelle. Il n'avait jamais détaillé ses traits. Il la voyait fatiguée, malade et pourtant, malgré tout, robuste, oui, d'une grande résistance physique. Il s'était dit, un jour, irrévérencieusement, qu'elle pourrait porter un sac de pommes de terre sur son dos, comme un homme.

Pas très romanesque, cette réflexion — et il ne voyait rien de très romanesque dans le souvenir qu'il conservait d'elle, dans l'image de cette femme ayant une épaule plus haute que l'autre, un sourcil plus haut que l'autre, une petite torsion des lèvres quand elle souriait, des cheveux châtains qui paraissaient verts contre le coussin bleu fané.

Ce n'étaient guère là, pensa-t-il, motifs à susciter l'amour. Mais qu'était l'amour ? Au nom du Ciel, comment reconnaître l'amour ? Était-ce à la paix, au contentement qu'il avait ressentis à la voir assise là, dans ce fauteuil avec ses cheveux verdis par le reflet du coussin bleu ? À la manière dont elle avait dit tout à coup : « Figurez-vous que je pensais à Copernic » ?

À Copernic ? Pourquoi, au nom du Ciel ! À Copernic ? Un moine qui avait eu une lubie, qui avait conçu l'univers sous un jour particulier, un moine assez rusé, assez astucieux pour se concilier les puissances du monde et pour exprimer sa conviction sous une forme qui l'immortalisait !

Pourquoi Leslie, avec un mari en prison, une vie à gagner, des inquiétudes au sujet de ses enfants, pourquoi diable, assise là, avait-elle passé une main sur ses cheveux en disant : « Figurez-vous que je pensais à Copernic » ?

Quoi qu'il en soit, dès lors et pour toujours, la pensée de Copernic lui avait donné des palpitations et, au-dessus de ce fauteuil, il avait accroché une vieille gravure du moine.

Leslie.

J'aurais au moins dû lui dire que je l'aimais, pensa-t-il. *J'aurais dû le lui dire, ce jour-là.*

Mais eût-ce été nécessaire ? Il revit la soirée qu'ils avaient passée au sommet d'Asheldown, leur halte sous le soleil d'octobre, elle et lui ensemble, ensemble et seuls, torture, amour sans espoir, à quatre pas l'un de l'autre, car la prudence l'exigeait. Elle avait compris qu'il l'aimait. Elle l'avait certainement deviné. Il pensa confusément :

Cet espace entre nous... une pile électrique... chargée de désir.

Ils n'avaient pas échangé un regard. Il avait contemplé les labours et la ferme, écouté le ronronnement lointain du tracteur, admiré le rouge vermeil de la terre fraîchement retournée. Et Leslie avait gardé les yeux fixés au-dessus des champs, sur les bois qui marquaient l'horizon.

Deux êtres considérant la terre promise à laquelle ils ne pouvaient accéder !

J'aurais dû lui dire, à ce moment-là, que je l'aimais.

Mais ni l'un ni l'autre n'avait parlé.

Leur silence n'avait été interrompu que par Leslie, qui avait murmuré :

And thy eternal summer shall not fade.

(Et ton éternel été ne se flétrira pas.)

C'était tout. Un seul vers banal. Et il ne savait pas même ce qu'elle sous-entendait.

Si, peut-être le savait-il. Oui, peut-être le savait-il.

Le coussin du fauteuil s'était flétri, le visage de Leslie aussi. Il ne revoyait pas bien clairement ses traits. Il ne se rappelait que la bizarre courbe de ses lèvres.

Et pourtant, depuis six semaines, elle était venue s'asseoir ici chaque jour et ils avaient parlé à cœur ouvert. Pure imagination, sans doute. Il avait imaginé une pseudo-Leslie, l'avait installée là et lui avait soufflé son rôle. Il lui avait fait dire ce qu'il voulait qu'elle dise et elle avait obéi, mais en relevant les coins de ses lèvres, car elle souriait à l'écouter.

Ces six semaines, songea-t-il, avaient été six semaines de bonheur. Il avait pu inviter Watkins et Mills, passer une excellente soirée avec Hargrave Taylor, recevoir les amis qui lui plaisaient, dans l'intimité. Il avait fait une bonne promenade à pied dans les montagnes, un dimanche. Les domestiques avaient soigné ses menus et il avait pris ses repas comme il aimait le faire, mangeant lentement, devant un livre accoté au siphon d'eau gazeuse. Parfois un peu de travail après le dîner, une pipe et, si la solitude lui pesait, la fausse Leslie s'installait dans ce fauteuil pour lui tenir compagnie.

La fausse Leslie, oui. Mais n'était-ce pas, en quelque sorte, à très peu près, celle qui, pour lui, était la vraie Leslie ?

And thy eternal summer shall not fade...

(« Et ton éternel été ne se flétrira pas. »)

Il baissa de nouveau les yeux sur le bail :

... et devra sous tous rapports ledit preneur jouir du tout en bon père de famille, conformément aux obligations imposées par la loi et les règlements locaux.

Il se dit avec admiration : *Je connais vraiment mon métier.*

Puis, sans s'admirer, sans prendre d'intérêt à sa constatation : *J'ai fait une belle carrière.*

L'agriculture eût été difficile, éprouvante.

Pourtant, se dit-il, *Dieu ! que je suis fatigué !*

Depuis longtemps il n'avait senti pareille fatigue.

La porte s'ouvrit et Joan entra.

— Oh ! Rodney ! Comment pouvez-vous lire sans lumière ?

Elle s'affaira derrière lui et alluma. Il lui sourit en la remerciant.

— Vous avez tort, chéri, de vous abîmer les yeux ! Vous n'aviez qu'un bouton à tourner !

Elle ajouta tendrement en s'asseyant :

— Je me demande comment vous avez pu vous passer de moi.

— J'ai pris toutes sortes de mauvaises habitudes !

Son sourire était gentiment taquin.

— Vous rappelez-vous, reprit Joan, l'époque où la fantaisie vous a pris tout à coup de refuser la proposition d'oncle Henry et de faire de l'agriculture ?

— Oui, très bien.

— N'êtes-vous pas content que je vous en aie empêché ?

Il la regarda, en admirant sa joie de vivre, sa compétence, la ligne jeune de son cou, son teint lisse et frais. Elle avait toujours été gaie, fidèle, affectueuse...

Excellente épouse, pensa-t-il.

Et il répondit sans hésiter :

— Oui, j'en suis très heureux.

— Nous avons tous, par moments, des idées saugrenues.

— Même vous ?

Il plaisantait, mais s'étonna de voir Joan froncer les sourcils. Une expression de tristesse passa sur son visage, comme une ride sur une eau tranquille.

— Les nerfs prennent quelquefois le dessus, d'une façon presque morbide...

La surprise de Rodney redoubla. Il ne pouvait imaginer Joan nerveuse et, encore moins, morbide. Pour faire diversion, il lui dit :

— Je vous envie d'avoir fait ce voyage en Orient, vous savez.

— Il a été intéressant ; mais je n'aimerais pas être obligée de vivre dans un endroit comme Bagdad.

Rodney eut l'air rêveur.

— Je voudrais me représenter le désert. Ce doit être merveilleux, cette immensité vide, cette lumière puissante ! C'est surtout la lumière qui m'attire. Voir clair !...

Joan l'interrompit avec véhémence :

— C'est atroce ! atroce ! ces grandes étendues désertiques, cette aridité, ce néant...

Elle jetait autour de la pièce des regards perçants, fébriles, tout à fait, pensa Rodney, comme un animal qui cherche à fuir...

Mais son front s'éclaircit et elle s'écria :

— Ce coussin est affreusement vieux et fripé ! Il faut que je le remplace par un neuf.

Il esquissa un petit geste instinctif, puis le réprima.

Après tout, pourquoi pas ? Un coussin s'était fané, Leslie Sherston gisait sous une dalle de marbre, l'étude Alderman, Scudamore et Witney se développait, le fermier Hoddesdon hypothéquait un autre lopin de terre...

Joan déambulait dans le bureau, passant un doigt ici et là sur la poussière des meubles, redressant un livre dans la bibliothèque, remettant les bibelots à leur place habituelle. Il fallait reconnaître qu'en six semaines, la pièce avait pris un aspect désordonné et mal tenu.

Rodney murmura :

— Les vacances sont finies.

— Comment ? (Elle se retourna vers lui.) Que dites-vous ?

Il cligna des yeux, sans défense.

— Ai-je parlé ?

— Il m'a semblé vous entendre dire : Les vacances sont finies ! Vous avez dû rêver et vous croire au temps où les enfants retournaient en classe.

— Oui, dit Rodney. J'ai dû rêver.

Elle s'arrêta pour le regarder, perplexe. Puis elle redressa un tableau, qui était de travers.

— Tiens ! Une nouvelle acquisition ?

— Oui. J'ai acheté ça à la vente Hartley.

— Ah ! (Elle examina le tableau, d'un air dubitatif.) Copernic ? Est-ce une toile de valeur ?

— Je n'en sais rien, dit Rodney et il répéta, tout songeur : Je n'en ai pas la moindre idée...

Qu'est-ce qui avait de la valeur ?

Qu'est-ce qui n'en avait pas ?

Qu'est-ce qui valait plus qu'un souvenir ?

« Figurez-vous que je pensais à Copernic... »

Leslie, mariée à un ivrogne, à un gibier de potence, Leslie, symbole de pauvreté, de maladie, de mort...

« Pauvre Mrs Sherston ! Quelle triste vie ! »

Mais, pensa-t-il, Leslie n'était pas triste. Elle avait suivi son chemin à travers la déception, la misère, la douleur, comme un homme avance à travers les marais, les labours, les forêts, avec ardeur et endurance, pour arriver à son but.

De ses yeux las, mais bienveillants, il contempla sa femme et réfléchit.

Elle était tellement animée, experte, active — tellement heureuse et accomplie !

Elle paraît à peine vingt-huit ans, pensa-t-il.

Et, subitement, une vague de pitié lui gonfla le cœur. Il s'écria, d'un ton profondément pénétré :

— Pauvre petite Joan !

Elle le dévisagea :

— Pourquoi pauvre ? Et je ne suis pas petite.

Il répondit de sa voix malicieuse :

— C'est moi, la bondissante petite Joan. Si on me laisse seule, je suis désemparée.

Elle vint tout droit à lui. D'une voix entrecoupée, elle lui dit :

— Je ne suis pas seule ! Je ne suis pas seule ! Je compte sur vous !

— Oui, répondit Rodney. Comptez sur moi.

Mais, en parlant ainsi, il savait que ce réconfort était illusoire. Il pensa :

Vous êtes seule— et vous le serez toujours. Mais, Dieu merci, vous ne le saurez jamais.

L'Agatha Christie Society

Face à l'afflux de questions et d'interrogations émanant des plus fidèles d'entre les fans d'Agatha Christie, la création d'une *Agatha Christie Society* a été décidée afin d'ouvrir des voies de communication entre les fans précités et les médias variés qui s'efforcent de mettre ses œuvres, sous leurs formes les plus diverses, à la disposition du public.

Si vous souhaitez devenir membre de cette association, prière d'écrire à :

Agatha Christie Society
PO Box 985, Londres SWIX 9XA

Impression réalisée sur CAMERON par
BRODARD ET TAUPIN
La Flèche
en mai 2000

Imprimé en France
Dépôt édit. 1790 - 05/2000
Édition 01
N° d'impression : 2390
ISBN : 2-7024-7943-X

52/6138/3